藍小說 ⑨①⑦

村上春樹作品集

開往中國的慢船

村上春樹著　賴明珠譯

開往中國的慢船

前言

本書依照年代先後順序，收錄了由一九八〇年春到一九八二年夏所發表的七篇短篇。

如果以長篇作爲里程碑的話，則在《一九七三年的彈珠玩具》發表後寫了最初的四篇，在《尋羊冒險記》發表後寫出後面的三篇。因此在〈袋鼠通信〉和〈下午最後一片草坪〉之間，隔了將近一年的空白。

這是對我來說的第一本短篇集。

開往中國的慢船

開往中國的慢船——
眞想載著你同行
船是租來的
只有我倆同行……

老歌(On A Slow Boat To China)

1

我第一次遇見中國人，那是什麼時候的事？

這篇文章，就從所謂考古學式的疑問出發。各種出土品上貼著各式的標籤，分門別類地進行分析。

話說第一次遇見中國人，是什麼時候的事呢？

一九五九年，或一九六〇年是我的推定。哪一年都可以，哪一年都沒有什麼大差別。正確地說，是完全沒有差別。對我來說，一九五九年或一九六〇年，就好比一對穿著不起眼衣服的雙胞胎醜兄弟。就算能穿過時光隧道回到那個時代，相信要區別一九五九年和一九六〇年，對我也會是相當辛苦的。

雖然如此，我還是很有耐心地繼續我的作業。堅硬的洞穴越挖越寬，新的出土品雖然不多，卻也開始現出它的姿態了。

對了，那年正是約翰生和巴達生爭奪重量級拳擊冠軍的一年。這麼說，到圖書館去翻翻舊的新聞年鑑體育版就行了。這應該可以解決一切。

第二天早晨，我騎著腳踏車到附近的區立圖書館去。

圖書館大門旁邊，不知怎麼會有雞籠子。雞籠子裏五隻雞正吃著略遲的早餐，或略早的午餐。天氣非常好，因此我在進圖書館之前，先在雞籠旁邊的鋪石上坐下，決定抽一根菸。並且一面抽菸，一面望著雞吃飼料的樣子。那些雞非常忙碌地啄食著飼料箱，牠們實在是太急躁了，那用餐的景象，簡直就像早期格數較少的快動作新聞影片。

抽完那根香菸，我體內確實有了什麼變化。不知道爲什麼？可是就在不知爲什麼的情況下，新的我隔著五隻雞和一根香菸的距離，向我自己提出兩個疑問。

第一個問題是：到底誰會對我第一次遇見中國人的正確日期感興趣？

另一個問題是：在日照充足的閱覽室桌上放著的舊新聞年鑑和我之間，除此以外，還有什麼彼此能分享的東西存在呢？

很正當的疑問。我在雞籠前面又抽了一根菸，然後騎著腳踏車與圖書館和雞告別。因此，天上的飛鳥沒有名字，我那記憶也沒有日期。

本來，我大多的記憶都沒有日期。我的記憶力非常不確實。因爲實在太不確實了，我往往覺得我在拿這不確實向誰證明什麼似的。但是到底要證明什麼？我也不淸楚。大概要正確把握不確實的東西所證明的事，本來就不可能吧？

總而言之，我的記憶，就像這樣非常含糊不淸。有時前後顚倒，有時事實與想像交錯，有時我自己的眼睛和別人的眼睛混在一起。這種東西或許已經不該稱爲記憶了。透過我小學時代（戰後民主主義可笑而可悲的六年之間落日的每一天）能夠正確而淸晰地回憶起來的事，只有兩件。一件是有關中國人的事，另一件則是某個暑假下午舉行的棒球比賽。那場棒球比賽中，我是中堅手，在三局後半，發生腦震盪。當然我不會沒有理由就突然發生腦震盪，我們球隊那次比賽時，只能使用附近高中運動場的一個角落，這是那天我得腦震盪的主要原因。換句話說，我爲了全速追捕中央高飛球時，迎面撞上了籃球架。

我醒來時是躺在葡萄棚下的長椅上，天開始暗下來，水灑在乾燥的操場所發出的氣味，和當枕頭用的新手套的皮味最先撲進我的鼻子，接著是倦怠的側頭部疼痛。我好像說了什麼，自己也不記得，是陪著我的朋友，後來很不好意思地告訴我。我大概是這樣說的：沒關係，只要拍掉灰塵還可以吃。

這種話是從哪裏冒出來的，我現在還弄不淸楚。也許是正在做夢吧？可能做一個正在搬運午餐麵包時，從樓梯上滾下來的夢吧！除此之外，就沒有任何能夠從這句話聯想起來的情景了。

那是二十年前的事了，現在那句話還常常在我腦子裏打轉。

沒關係，只要拍掉灰塵還可以吃。

然後那句話便停留在腦子裏，使我想到所謂我這樣一個人的存在，和所謂我這樣一個人不得不經歷的道路。然後試著想那種思考必然會到達的一點——死。死這件事，至少對我來說，是一件非常茫漠的作業。而且不知道爲什麼，死使我想起中國人。

2

港都的山坡上有一所中國人的小學（名字我完全忘了，因此以後爲了方便起見，就稱爲中國人小學吧。稱呼有些奇怪，請原諒）。我去那裏，是因爲我被派去參加一個模擬考試，考試的會場分爲好幾個地方，但我們學校只有我一個人被指定派去中國人小學。理由不太清楚，大概是行政上的錯誤吧。因爲班上的同學，都被派到附近的會場去。

中國人小學？

我每捉到一個人，不管是誰，就問他知不知道有關中國人小學的事。沒有人知道任何事。如果說有，也只知道那所中國人小學在離我們校區，坐電車要三十分鐘的地方。當時的我，並不屬於那種一個人會坐電車到什麼地方去的孩子。因此對我來說，那簡直就等於世界盡頭一樣。

世界盡頭的中國人小學。

兩星期後的星期天早晨，我懷著可怕的黯淡心情，削了一打新鉛筆，按照指示把便當和拖鞋塞進塑膠書包裏。雖然是一個天氣晴朗，甚至有些太暖和的秋天裏的星期天，我母親還是給我穿上一件很厚的毛衣。我一個人搭上電車，爲了怕坐過站，一直站在車門前面，注意著外面的風景。

去中國人小學，不需要看准考證背後印的地圖，只要跟著一群書包被拖鞋和便當盒漲滿的小學生後面走，就行了。幾十個、幾百個小學生排著隊，在很陡的斜坡道上，朝著同一個方向走。

說奇妙也眞是奇妙，他們既不在地上拍球，也不會拉低年級的帽子，只是默默地走著。他們的姿勢，使我想起不整齊的永久運動似的東西。我一面走上斜坡，一面在厚毛衣下流著汗。

跟我模糊的想像正相反，中國人小學的外觀，和我念的小學幾乎沒什麼不一樣。甚至更整潔。陰暗的長廊、濕濕的霉臭空氣……這兩星期來不由自主地在我腦子中膨脹著的那種印象一點也看不到。穿過漂亮的鐵門，被植物包圍著的石砌道路便緩緩伸出弧形，長長地延伸進去。玄關正面有一方清澈的水池，在上午九時的太陽下反射著眩目的陽光。校舍旁種著成排的樹木，一一掛著中文說明的牌子。有些我會讀，有些我不會讀。玄關對面有一個庭院似的、被校舍圍起來的四方形運動場，在每個角落裏，有個不知名的銅像、氣象觀測用的白色小箱子和鐵棒等。

我遵照指示，在玄關脫掉鞋子，遵照指示進入教室。明亮的教室裏，整齊地排列著四十張雅致的上翻型書桌，在每張桌上都用膠帶貼著寫有准考證號碼的紙片。我的座位是在窗子邊最前面一排，也就是這教室裏最小的號碼。

黑板是嶄新的深綠色，講桌上擺著粉筆盒和花瓶，花瓶裏插了一朵白菊花。一切都那麼清潔，而且排列整齊。牆上的軟木板上既沒有貼圖畫、也沒貼作文。大概是怕妨礙考生，特地取下來的吧。我在椅子上坐下，把鉛筆盒和墊板擺在桌上，手支著下巴，閉起眼睛。

監考官把考卷夾在腋下走進教室，是在大約十五分鐘以後，他看來不會超過四十歲，左腳有點在地上拖著似的輕微跛足，左手拿著一隻看來像登山口的土產店賣的粗製濫造的櫻材手杖。他跛得太自然了，使得那手杖的粗糙特別醒目。四十個應考生一看見監考官，或者應該說是一看見考卷，就安靜下來。

監考官走上講台，先把整疊考卷放在桌上，其次發出咔噠一聲，把手杖擺在桌子旁邊。然後他確認一下所有的座位都沒有缺席後，乾咳一聲，輕瞄一下手錶，他好像要支撐身體似的，把兩隻手支著講桌的兩端，臉朝正前方抬起，暫時望著天花板的角落。

沉默。

十五秒左右，那每一秒繼續沉默著。緊張的小學生們屏息凝視著桌上的考卷。腳不好的監考官則一直盯著天花板的角落。他穿著淺灰色西裝白襯衫，繫著那種令人看過之後就會立刻忘記顏色和花樣的領帶。他把眼鏡摘下來用手帕慢慢擦著兩邊的鏡片，然後又戴上。

「本人負責監考這場。」他說本人。「考卷發下去以後，請先蓋在桌子上。絕對不可以朝上。

兩隻手請好好放在膝蓋上。等我說：好——才可以把考卷翻過來。時間到的十分鐘前，我會說十分鐘前。請再檢查一遍，有沒有什麼不該有的錯誤。其次我說：好——就停止。再把考卷蓋起來，兩手放在膝蓋上。知道了嗎？」

沉默。

「姓名和准考證號碼要最先寫好，請各位不要忘記。」

沉默。

他再看了一次手錶。

「現在，還有十分鐘時間，在這時間裏有一些話想跟各位講一下。請大家放輕鬆。」

呼——，有幾起透氣聲。

「本人是在這所小學任教的中國老師。」

對了，我就是這樣認識第一位中國人的。

他看起來一點也不像中國人。不過，這也是理所當然的。因爲我以前從來也沒有遇見過中國人。

「在這間教室，」他繼續說：「平常都是和各位同樣年齡的中國學生，跟各位一樣拚命地努力用功。……正如各位所知道的，中國和日本說起來是兩個相鄰的國家。爲了大家都能愉快地生活下去，相鄰的國家必須互相友好才行，對嗎？」

沉默。

「當然我們兩個國家之間，有些地方很像，也有些地方不像。有些方面互相了解，有些方面卻互相不了解。這點只要各位想一想，你們的朋友不也是一樣嗎？不管多麼要好的朋友，還是會有些不了解的地方。對嗎？我們兩國之間也一樣。不過只要努力，我們一定能變成好朋友，我這樣相信。因此，我們要先互相尊敬對方。這是……第一步。」

沉默。

「例如，請各位想一想。如果各位的學校，有很多中國人的孩子來考試。就像各位現在來這裏一樣，現在各位的桌椅上，正好有中國小孩坐著。請這樣想一想。」

假定。

「星期一早晨，各位到學校去，走到自己的座位，結果怎麼樣呢？桌上到處刻著字、椅子上黏著口香糖、書桌裏的拖鞋不見了一隻。那麼，你會覺得怎麼樣？」

沉默。

「例如你！」他眞的就指著我。因爲我的准考證號碼最小。」「你會很高興嗎？」

大家都看著我。

我臉漲得通紅，一面慌忙搖搖頭。

「你會尊敬中國人嗎？」

我又搖了一次頭。

「所以，」他重新面向正面。大家的眼睛，也總算又轉回書桌的方向。」「各位也不能在書桌上刻字、或把口香糖黏在椅子上，或亂翻書桌裏面的東西。知道了嗎？」

沉默。

「中國學生都會更清楚地回答噢。」

「知道了。」四十個小學生一起回答。不，三十九個。我已經連嘴都張不開了。

「好！請各位抬頭挺胸。」

我們抬起頭挺起胸。

「然後拿出信心來。」

二十年前的考試，結果如何現在已經完全忘記了。我所能想得起來的，只有走在斜坡路上小學生的姿態，和那位中國老師的事。

然後過了六年或七年，高中三年級時的秋天，正好同樣舒服的星期天下午，我和一個同班女生走在同一條斜坡路上。我正暗戀著她，她對我怎麼想我可不知道。總之那是我們第一次約會，兩個人從圖書館回來的路上。我們先走進斜坡路正中間一帶路旁的喫茶店，喝咖啡。然後我跟她提到那所中國人小學的事。我說完她吃吃地笑起來。

「好奇怪喲。」她說。「我也在同一天，在同一個考場考試。」

「眞的？」

「眞的啊。」她一面把奶精注入薄薄的咖啡杯邊緣一面說。「不過好像是不同一間教室。我沒聽到那樣的演講。」

她拿起湯匙，攪拌了幾次。

「監考的老師是中國人嗎?」

她搖搖頭。「我不記得了。因爲沒想到這種事啊。」

「妳有沒有刻字?」

「刻字?」

「在桌上啊。」

她嘴唇還一直碰著杯子邊緣,想了一下說。

「嗯,到底有沒有?記不得了。」她說著微微一笑。「那是好久以前的事了。」

「可是,桌子亮亮的好乾淨噢。不記得了嗎?」我問。

「嗯,對,好像是噢。」她似乎不太有興趣地說。

「怎麼說呢?整個教室有一種感覺非常光滑的味道。我沒辦法形容得很恰當,不過眞的好像有一層薄紗籠罩著似的,而且……」說著,我右手拿著咖啡匙的把柄,想了一想。「還有,四十張書桌,全部都閃閃發光。黑板也是非常乾淨漂亮的綠色噢。」

我們沉默了一會兒。

「妳覺得沒刻字嗎?想不起來?」我又問了一次。

「嗯,眞的想不起來了。」她一面笑一面說:「被你這樣一說,好像也不見得沒有,不過因爲那麼久了……」

也許她的說法比較正常。那麼多年前,在什麼地方的桌上有沒有刻字,誰還會記得。一方面是太久了,何況,也是可有可無的事。

送她到家以後,我在巴士上閉起眼睛,試著想像一個中國少年的姿態,一個發現自己桌上有人刻了字的中國少年的姿態。

沉默。

3

高中因爲是在一個港都念的,因此我周圍有相當多的中國人。說是中國人,其實跟我們並沒有什麼特別不同。而他們也沒有什麼共同的明顯特徵。他們每一個人之間可以說千差萬別,關於這一點，我們和他們都完全一樣。我常常想，每個人的個體性真奇妙，是超越一切類別和一般理論的。

我們班上也有幾個中國人。有成績好的、也有成績差的，有活潑外向的、也有沉默內向的。有住豪華住宅的，也有住採光不良、六疊榻榻米、一房一廚的公寓的。什麼樣的都有。可是我並沒有和他們之中的誰特別親近。大體說來，我的個性並不屬於碰到誰就跟誰親近的那一型。不管對方是日本人、中國人，或什麼人，都一樣。

我跟他們之中的一個，大約在十年後偶然遇見了，不過這件事我稍後再提比較好。

舞台移到東京。

從順序上來說——也就是除了不太親近也沒談過多少話的中國同學之外——對我來說，第二個遇到的中國人，應該是大學二年級春天，在打工的地方認識的一個不太說話的大學女生。她跟我一樣十九歲，個子小小的，仔細想來也不能說是不漂亮。我跟她在一起工作了三星期。

她工作得非常熱心。我也被她感染而熱心地工作，不過我從旁邊看著她工作的樣子，覺得我的熱心和她的熱心，本質上好像完全不同。也就是說，我的熱心是「如果一定要做點什麼的話，熱心本身就是價值。」這種意思的熱心。而相對的，她的熱心是比較接近人性存在根本的那種東西。雖然我無法恰當地說明，不過她的熱心裏，似乎有一種她周圍的一切日常性，全都靠那熱心勉強支持著似的奇怪的迫切感。因此大部分人都跟她的工作步調無法配合，中途都會生起氣來，到最後能夠不吵架而一直跟她一起作業的，只有我一個。

雖然這麼說，我並沒有特別跟她親近。我跟她第一次像樣地交談，是在開始一起工作後的一星期左右。她那天下午，大概有三十分鐘，陷入一種恐慌狀態。這是她第一次這樣。一開始只是一點點錯誤，這在她腦子裏漸漸擴大，終於變成無法挽回的巨大混亂。在那之間她一句話也沒說，只是呆呆地站在那裏。她那樣子，使我想起夜晚的海上慢慢下沉的船。

我把一切作業停止，扶她坐在椅子上，把她握得緊緊的手指一根一根扳開，拿熱咖啡給她喝。然後跟她說明沒什麼不得了的。不是根本上的錯，就算錯的地方從頭再來一遍，也不會讓工作延遲多少。喝了咖啡之後，她好像稍微鎮定下來了。

「對不起。」她說。

「沒關係。」我說。

然後我們閒聊了一下。她說她是中國人。

我們的工作場所，是一家小出版社陰暗而狹窄的倉庫。工作簡單而無聊。我接到傳票，按照指示抱著幾本書送到倉庫入口。她把書用繩子綁起來，查對一下底帳。其實只不過如此而已。再加上倉庫裏沒有任何暖氣設備，爲了不被凍死，我們雖不願意也不得不拚命忙著工作。

中午休息時間一到，我就到外面吃一頓溫暖的午餐，在休息結束前的一小時裏，一面讓身體暖和暖和，兩個人一面呆呆地看報紙、雜誌。偶爾高興時也聊聊。她父親在橫濱經營一點進口的小生意，大部分的貨，是從香港來的拍賣用便宜布料。雖然說是中國人，但她卻生在日本，沒去過大陸、香港或台灣。她念的小學，是日本小學，不是中國人的小學。她在一家女子大學念書，將來想當翻譯。現在和哥哥一起住在駒込的公寓。或者借她的表現方式，是滾進她哥哥家。因爲她跟她父親脾氣不合。我對她知道的，大概就是這些。

那年三月的兩個星期，隨著偶爾夾帶著雪花的冷雨而過去了。打工最後一天的傍晚，在管理課領到薪水以後，我邀她到新宿一家以前去過幾次的狄斯可舞廳。

她歪著頭想了五秒鐘，然後說她很高興去。「不過我沒跳過舞噢。」

「那簡單。」我說。

我們先到餐廳喝啤酒、吃披薩餅，慢慢用過餐，才去跳了兩個鐘頭的舞。舞廳裏充滿了舒服的溫暖氣氛，空氣中飄著汗的味道，和有人燒香的氣味。流汗了就坐下來喝啤酒，汗不流了就再跳。偶爾有閃光燈閃亮，在閃光燈中的她，就像舊照片簿裏的相片一樣漂亮。

跳了幾曲以後，我們走出舞廳。三月夜晚的風雖然還冷冷的，可是仍然能感覺出春天的預感。因爲身體還熱熱的，所以我們把大衣抱在手上，漫無目標地在街上走。到遊樂中心看看、去喝喝咖啡，然後又走著。春假還剩一半，而且最主要的是我們十九歲。如果興致一來，我們甚至可能走到多摩川邊。

時鐘指著十點二十分時，她說差不多該回去了。「我十一點前必須回去。」

「好嚴格噢。」

「對，我哥哥滿嚕唆的。」

「別忘了鞋子噢。」

「鞋子？」她走了五、六步以後，才不好意思地笑一笑。

「啊，你說灰姑娘啊，沒問題，不會忘記。」

我們走上新宿車站的樓梯。並排在長椅上坐下。

「再邀妳可以嗎？」

「嗯。」她咬著嘴唇點了幾下頭。

「一點都沒關係。」

我問了她的電話號碼，用原子筆記在狄斯可舞廳的紙火柴背面。電車來了我送她上車，說一聲再見。今天很高興，謝謝！再見。門關上了，電車發動以後我點起一根菸，目送著綠色的電車消失在月台盡頭。

我靠著柱子，就那樣把菸抽到最後。而正一面抽著菸，不知道爲什麼，發現心情奇怪地浮動。我用鞋跟把菸踩熄。然後又點起一根新的菸。各種街上的聲音，在昏暗中滲透著。我閉上眼睛，深深吸入一口氣，慢慢搖搖頭。這樣還是無法讓心情平靜。

應該沒有什麼不妥的事，就算不是做得很漂亮，不過以第一次的約會來說，我自認爲做得相當好，至少程序上是規規矩矩的。

可是我腦子裏，還是有什麼東西卡住。有什麼非常小的東西，就是確實有某個地方不對勁。我知道有什麼不對勁。

那不知道是什麼，等我想到時已經花了十五分鐘。我花了十五分鐘，才好不容易發現自己做了一件大錯特錯的事。傻瓜！毫無意義的錯誤。可是正因爲沒有意義，才使那錯誤更可笑。也就是說我送她坐上反方向的山手線了。

爲什麼會這樣呢？不曉得。我住的地方在目白，所以她只要跟我坐同一班列車就可以的。啤酒？也許是吧。或者因爲我腦子裏塞滿了我自己的事。總之，有什麼東西流向相反的方向去了。車站的鐘指著十點四十五分。她一定不能在規定的時間內趕回家，如果她不早一點發現我的錯，而改搭反方向的電車的話……。她大概不會吧，這是我模糊的預感。就算她早發現，不，譬如就算在車門關上以前就發現了，也來不及了。

她出現在駒込車站時，是十一點過十分。當她看見站在樓梯旁的我時，竟無力地笑了。

「搞錯了。」我跟她面對面，這樣說。她默不作聲。

「不曉得為什麼，總之搞錯了。一定是怎麼樣了。」

「……」

「所以我在這裏等著，想跟妳道歉。」

她兩隻手放在大衣口袋裏，撇撇嘴。

「眞的搞錯了嗎？」

「什麼眞的……當然哪。不然怎麼會變成這樣呢？」

「我以為你是故意的。」

「我？」我不知道她要說什麼。「我為什麼要這樣做？」

「不知道。」

她的聲音好像現在就會消失了似的。我拉起她的手讓她坐在長椅上，我也並排坐下。她把腳伸到前面，眼睛盯著白色的鞋尖。

「妳好像以為我是故意的？」我試著這樣再問一次。

「我想你是生氣了。」

「生氣？」

「嗯。」

「爲什麼？」

「因爲……我說要早點回去。」

「女孩子一說要早回家就生氣，那身體不氣壞才怪。」

「要不然一定是跟我在一起覺得很無聊。」

「怎麼會呢？是我邀妳的啊。」

「可是你覺得沒意思，對嗎？」

「才不呢！我覺得很快樂，不騙妳。」

「你騙我。跟我在一起才不快樂呢。就算你眞的是搞錯了，那也是你潛意識裏希望這樣的啊。」

我嘆了一口氣。

「你不必介意。」她說。「這種事不是第一次，一定也不是最後一次。」

從她的眼睛湧出兩滴眼淚，滴落在大衣的膝上發出聲音。

我不知道該怎麼辦。我們就維持那種姿勢一直沉默著。電車開進來幾輛，把乘客吐出來，他們的形影消失在樓梯外，又恢復了沉靜。

「請你不要再管我了。」

我什麼也說不出來，一直沉默著。

「眞的沒關係。」她繼續說。「說眞的，跟你在一起的時候，我覺得非常快樂。很久沒有這樣快樂了。所以我好高興。我還想一切都會很順利的。甚至你送我坐上山手線的反方向時，我也想算了沒關係。一定是弄錯了。可是……」她的聲音咽住了，淚滴把她大衣的膝上染黑一大片。

「可是，等電車過了東京車站以後，一切都變得令人心煩。我想我再也不要碰到這種事，再也不想做夢了。」

這是她第一次說這麼長的話。她說完以後，漫長的沉默又在我們之間延續下去。

「對不起，是我不好。」我說。深夜的寒風，把晚報翻弄著，送到月台盡頭去。

她把被眼淚沾濕的留海往旁邊撩，微笑起來。「沒關係，這裏差不多也不是我該待的地方了。」

她所說的地方，我不知道是指日本這個國家，還是指黑暗的周遭正團團圍住的這個岩塊。我默默牽起她的手放在我膝上，再把我的手悄悄疊在上面。她的手暖暖的，裏面濕濕的，那些微的溫暖，喚起了我心中長久以來已經遺忘的若干回憶。我終於鼓起勇氣開口了。

「我們從頭試一次好嗎？……我確實對妳的事幾乎完全不了解。不過，我想知道更多。而且我覺得了解妳越多，我會更喜歡妳。」

她什麼也沒說。只有她的手指在我手中微微動了一下。

「我想我們一定會相處得很好。」我這樣說。

「眞的嗎？」

「大概吧。」我說。「雖然不能保證，不過我會努力。而且，我希望更坦誠相對。」

「我該怎麼辦呢？」

「我想明天再見，可以嗎？」

她默默點頭。

「我會打電話給妳。」

她用手指尖擦擦眼淚的痕跡，然後兩隻手揷回大衣口袋。「……謝謝你。給你添了不少麻煩。」

「妳沒有理由道歉。是我搞錯的。」

於是那天夜裏，我們就分手了。我一個人還一直坐在長椅上點起最後一根菸，把那空盒子丟進紙屑籠。時鐘已經指著將近十二點。

當我發現那天夜晚所做的第二件荒謬錯誤時，是在那之後的九小時後。那實在是太荒唐、太致命的過錯了。我竟然把寫有她電話號碼的紙火柴，也和香菸空盒子一起丟掉了。打工處的名簿上和電話簿上，都沒有她的電話號碼。從此以後我再也沒有看見過她。

她是我所遇見的第二個中國人。

4

第三個中國人。

他正如我前面所寫過的，是我高中時代認識的。可以算是朋友的朋友。曾經說過幾次話。

我們的相遇，幾乎沒有什麼戲劇性。既沒有十九世紀英國冒險家利文史東(David Livingstone）和史丹利（Sir Henry Morton Stanley）的相遇那麼戲劇化，也沒有二次世界大戰的山下大將和帕西瓦爾中將的邂逅那麼明暗分明，更沒有凱撒和獅身人面獸的邂逅那樣充滿光榮，或像歌德和貝多芬的邂逅那麼火花迸裂。

如果一定要拿歷史事件（雖然那是否具歷史性仍大有疑問）來比喻，和從前我在少年雜誌上讀過的太平洋戰爭中，一個激戰的島上有兩名士兵邂逅的故事，可能最爲接近。一名是日本兵、一名是美國兵。兩個脫離隊伍迷路的士兵，在叢林空地上面對面地碰上了。雙方都來不及舉槍，正在迷糊間，有一名士兵（不知道是哪一邊？）突然舉起兩隻手指行了一個童子軍式的敬禮，對方的士兵也反射性地舉起兩隻手指行了一個童子軍式的答禮。然後兩個人槍都沒舉起，就默默地各自歸隊去了。

我那時二十八歲，結婚以來六年的歲月已經流逝。六年裏我埋葬了三隻貓，燒掉了幾個希望，把若干痛苦捲在厚毛衣裏埋進土裏。一切都在這無從掌握的大都市裏進行。

那是一個像被冰冷的薄膜包裹著的十二月下午。雖然沒有風，空氣卻相當冷。偶爾由雲間溢出來的光線，無法趕走覆蓋著街上的暗淡灰影。我從銀行回來的路上，走進一家面向青山道路，裝著玻璃窗的安靜喫茶店，點了咖啡，翻著剛買的小說，小說看膩了就抬起頭，望著街上絡繹不絕的車水馬龍，然後又再看書。

「嗨！」那男的說。並且嘴裏叫出我的名字。

「對吧！」

我嚇了一跳，眼睛從書上抬起，說：「對。」我不記得他的臉。年齡和我差不多，剪裁很好的海軍藍西裝外套、顏色挺配的軍裝型領帶，雖然裝扮整齊，但一切都像有點磨損的印象。相貌也一樣，雖然五官端正，但仔細看來又好像缺少了什麼，浮在他臉上的表情，好像只是爲了配合這場所而臨時蒐集一些碎片拼湊起來似的，那種感覺。就像宴會桌上湊和著排列出不成套的杯盤一樣。

「可以坐嗎？」

「請。」我說。沒有其他可說的。他在對面坐下來，從口袋拿出香菸和打火機。也不點火只放在桌上。

「想不起來嗎？」

「想不起來。」我放棄再想，乾脆這樣告白。「很抱歉，我經常都這樣，不太記得人家的臉。」

「那是因爲你想忘掉過去的事。一定潛意識裏是這樣噢。」

「也許吧。」我承認，確實可能是這樣。

女服務生送水來，他點了亞美利加咖啡，並說要非常淡的。

「我胃不好，其實醫生叫我咖啡和菸都要禁的。」他嘴上一直掛著無可挑剔的微笑，把玩著放在桌上的香菸盒。「對了，剛才話才說了一半，我因爲同樣的理由，卻記得過去的每一件事，一件也不漏，眞是奇怪得很。我越想忘記，就越是想起各種事來。眞傷腦筋。」

我意識的一半，正爲了獨自享有的時間被打攪而心煩，可是另一半卻又開始被他的談話術所吸引。

「而且眞的是栩栩如生地記起來喲。從那時候的天氣開始、到氣味爲止。有時候，連自己也弄不清楚，到底眞正的我，是活在哪裏的我？你有沒有這樣感覺過？」

「沒有。」雖然無意如此，可是我的話聽起來卻非常冷淡。不過對方絲毫沒有受傷的樣子，卻很快樂似地點了幾次頭繼續說：

「所以我還非常記得你的事，我剛剛在路上走著，透過玻璃窗一眼就認出你了，叫你一聲倒是打攪你了啊？」

「不。」我說。「不過我怎麼也想不起來，我覺得非常抱歉。」

「沒什麼好抱歉的。因爲是我自己硬要找你的。請不要介意。到了該記起來的時候自然會記起來。就是這麼回事。」

「可不可以告訴我你的名字，我不太喜歡猜謎語。」

「這不是猜謎語呀，也就是說，現在的我等於是沒有名字一樣，確實我以前是有個像樣的名字的，一個還沒弄髒閃閃發亮的東西。」他於是心情頗佳地笑笑。「這個你記得也好，說眞的，不記得也好，不管怎麼樣我幾乎都不在乎。」

咖啡送來了，他一副並不好喝似地啜著。我沒辦法捕捉他話中的眞義。

「因爲實在有太多水從橋下流過了。高中時代英語教科書上不是這樣寫著嗎？還記得嗎？」

高中時代？

「實在是十年都過去了，很多事也眞的都變了。當然現在的我，正因爲有十年前的我所以才存在的，但事實上卻感覺不對勁。好像我自己的內容有什麼地方改變了似的，你覺得呢？」

「我不知道。」

他交抱雙臂，身體深埋進椅子裏，這下眞的露出到底怎麼回事呢的表情了。

「你結婚了嗎？」他維持那種姿態這樣問我。

「嗯。」

「孩子呢？」

「沒有啊。」

「我有一個噢，男孩子。」

小孩的事到此打住，我們落入沉默。我含起一根香菸，他就用打火機幫我點火。

「那麼你在做什麼？」

「做一點小生意。」我回答。

「生意？」他嘴巴張開好一會兒才這樣說。

「不是什麼大不了的生意。」我這樣打著迷糊眼。

「不過我眞驚訝，你居然在做生意。看起來不大適合的樣子啊。」

「是嗎？」我說。

「以前你老是在看書。」他一副不可思議的樣子繼續說著。

「書是現在也還在看哪。」我一面苦笑一面說。

「你不看百科全書嗎？」

「那個啊，有的時候當然也看吧。」

「其實，我現在就在到處賣百科全書。」

到現在爲止，心中還佔有一半成分對那男人的興趣，轉瞬之間便消失了。我嘆了一口氣，把香菸在菸灰缸揉熄。覺得臉都有點漲紅了似的。

「想倒是想要，不過現在沒錢，我才好不容易開始還貸款呢。」

「喂喂！別這樣，沒什麼好羞恥的啊，我跟你一樣窮。抬頭看見的是同一個天空，就這麼回事。而且我也並不打算向你推銷。說眞的，我可以不必賣給日本人，怎麼說好呢？這是契約規定的。」

「日本人？」

「對，我專門賣給中國人，從電話簿找出中國人的家庭，然後挨家訪問。是誰想到的我不知道，不過倒眞是個好主意，而且賣得也不錯。按個門鈴，遞上名片，如此而已，也就是所謂有一種同胞之誼……」

有個東西突然把我腦子裏的鎖打開了。

「我想到了！」

「眞的？」

我把想起的名字說出口，原來他是我高中時代認識的中國人。

「我自己也不曉得爲什麼會以中國人爲對象推銷百科全書。」

當然我也不知道。在我記憶裏，他家教不錯，成績甚至在我之上。在女孩子之間也頗受歡迎。

「這是一段又長又暗淡的平凡話題，不問也罷。」他這麼說。

我默默點點頭。

「我爲什麼開口叫你？一定是一時迷糊不知道在想什麼。或許因爲我生來就缺少自我憐憫的能力。總之打攪你了吧？」

「不，沒關係。沒什麼打攪的。」我們越過桌子四目相對。「哪天我們再見個面吧。」

「那麼我差不多該走了。」他一面把香菸跟打火機收進口袋裏一面這樣說。「不能老在這裏賣嘴皮子，還有其他東西要賣呢。」

「你沒帶簡介嗎？」

「簡介？」

「百科全書啊。」

「啊。」他含糊地說。「現在沒帶，想看嗎？」

「想看看。」

「那麼我寄到你家好了。請告訴我好嗎？」

我從手册撕下一頁，寫上住址交給他。他把紙工整地折四折收進名片夾裏。

「相當不錯的百科全書，照片很多，一定很有幫助噢。」

「不曉得要再過幾年，不過等我有錢的時候一定買。」

「那眞好。」他的嘴角再度露出選舉海報照片似的微笑。「不過那個時候恐怕我已經跟百科全書絕緣。下次說不定去拉人壽保險，而且也是以中國人爲對象。」

5

一個超過三十歲的男人，如果再以全速撞上籃球架，再一次枕著皮手套在葡萄棚下醒過來的話，這次我會說些什麼呢？不知道。不，或許我會喊道：喂，這裏也不是我的地方啊。

我是在山手線的電車裏想到這點的。我站在車門前面，手握著車票以免遺失，眼睛越過玻璃望著窗外的風景。我們的都市……那風景不知爲何使我心情暗淡。都市生活者彷彿例行公事般陷入那熟悉、混濁一如咖啡果凍般的幽暗中。無邊無際地擁擠排列的樓房和住宅，朦朧而灰暗的天空。一面噴著廢氣一面排成長龍的車隊。狹窄而貧窮的木造公寓（那也是我的住宅）窗上掛著陳舊棉布窗簾，那背後即是無數人的營生，自尊與自我憐憫的無止境的振幅。這就是都市。

這和掛在車內的一張廣告沒有任何差別。爲了新的季節獻上新的口紅的一句廣告詞。找不到任何實體。被買空賣空支撐著繼續膨脹的商人的巨大帝國……。

「這裏，」她說：「差不多也不是我該待的地方了。」

中國。

我讀過無數有關中國的書。從《史記》到《中國的赤星》。雖然如此，我的中國只不過是爲我而存在的中國。或者是我本身。那也是我自己的紐約、我自己的彼得堡、我自己的地球、我自己的宇宙。

地球儀上黃色的中國。今後我可能不會去那個地方。那不是爲我而存在的中國。我也不會去紐約或彼得堡。那也不是爲我而存在的地方。我的放浪將在地下鐵的車子裏或計程車的後座上進行。我的冒險將在牙醫的候診室或銀行的窗口進行。我們什麼地方都能去，什麼地方也去不了。

東京。

然後有一天，在山手線的車廂裏，連這所謂東京的都市，也突然失去其眞實性……對了，這裏也不是我的地方。語言終將消逝，夢也將破滅。正如那原以爲會永遠延續下去的無聊青春已不知消失何方一樣，一切都將逝去。在消失無蹤之後，所剩下來的，大概只有沉重的沉默和無盡的黑暗。

謬誤……謬誤，正如那位中國大學女生所說的一樣（或者如精神分析醫師所說的），或許結果總是欲望的相反。到任何地方都找不到所謂的出口。

雖然如此，我依然將過去做爲一個忠實的外野手的些微自豪收進皮箱底下，坐在港邊的石階上，等待著空白的水平線上，可能會出現的開往中國的慢船。並想像著中國街道上閃著光輝的屋頂，想像那綠色的草原。

因此我再也沒有什麼恐懼的。正如高飛犧牲長打不怕內角球、革命家不怕斷頭台一樣，如果那眞的能實現的話……

朋友啊！

朋友啊！中國實在太遙遠了。

貧窮叔母的故事

1

事情是從七月某個晴朗的下午開始的。那是個心情特別好的星期天下午。連揉成一團丟在草地上的巧克力糖包裝紙，在那樣的七月王國裏都像是湖底的水晶一般，誇耀地閃閃發光。不透明而溫柔的光之花粉正含羞帶怯地，慢慢往地面飄落。

我散步回來，在繪畫館前的廣場坐了下來，和我的伴兩個人不經意地抬頭望著獨角獸的銅像。梅雨剛剛過去，爽朗的風搖晃著綠葉，淺水池塘的水面吹起微小的漣漪。清澈的水底沉著好幾個生鏽的可樂罐頭，那令人聯想到很久以前被敲毀的街頭廢墟。有幾組穿著球隊制服的野地棒球隊，狗和出租腳踏車，穿著慢跑短褲的外國青年，穿過坐在池邊的我們兩人前面而去。從不知道是誰放在草地上的收音機，隨風輕輕飄來好像沙糖放太多的咖啡般甜膩的流行歌曲。關於已經逝去的愛、即將逝去的愛之類的歌。陽光正靜靜地被我的兩臂吸進去。

在那樣的下午，爲什麼貧窮的叔母會抓住我的心呢？我也不知道。周圍並沒有貧窮叔母的身影。雖然如此，在那僅有的幾百分之一秒之間，她在我心中，那冷冷的不可思議的肌觸久久留在那裏一直不消失。

貧窮的叔母？

我再度環視周圍一次，再抬頭看看夏日的天空。語言像風一般，或像透明的彈道一般，被吸進星期日的下午裏去了。每次剛開始都這樣。某一個瞬間一切都存在，下一個瞬間一切已經消失了。

「我想寫一點關於貧窮叔母的事。」我試著對我的伴這樣說。

「貧窮的叔母？」她似乎有點吃驚的樣子。她把那「貧窮的叔母」這語言放在小手掌上滾動了幾次之後，才一副不太明白似地聳聳肩。「爲什麼是貧窮的叔母呢？」

要說爲什麼，我也不知道。只不過像一小塊小雲影一般，忽然間有什麼通過我心中而已。

「只是無意間這樣想而已。沒什麼。」

我們長久之間沉默著，一直在尋找著話語。唯有地球轉動的溫柔聲音，連接我和她的心。

「你要寫貧窮的叔母嗎？」

「對，我要寫有關貧窮叔母的事。」

「那種事或許誰也不想讀。」

「或許是這樣。」我說。

「就算這樣你還是想寫寫看對嗎？」

「沒辦法。」我辯解道。「雖然我沒辦法好好說明。……不過也許我已經打開一個不該開的抽屜了。然而畢竟打開抽屜的人是我。也就是說，這麼回事。」

她默默地微笑著。我從口袋裏掏出變得縐巴巴的香菸點上火。

「不過，」她說。「你的親戚裏面有貧窮的叔母嗎？」

「沒有。」我說。

「我的親人裏倒有一個貧窮的叔母，完完全全眞正的噢。還一起住過幾年。」

「哦。」

「不過我可一點也不想寫她的任何事。」

電晶體收音機開始播出不同的歌。世上大概充滿了已經逝去的愛，和即將逝去的愛吧。

「那麼，你根本就沒有任何一個貧窮的叔母，」她繼續說。「就算這樣，你還想寫什麼關於貧窮叔母的事，你不覺得奇怪嗎？」

我點點頭。「爲什麼噢？」

她只稍微歪一下頭，並沒有回答。她臉就那樣朝向後面，卻讓纖細的指尖還長久在水中游泳著。我覺得我的問題好像透過她的指尖被吸進水底的廢墟裏去了似的。想必我的問號現在還正像被仔細磨過的金屬片一般，閃閃發光地沉入那水池底下去了。而且想必正向周圍的可樂罐頭噴灑出同樣的問題吧。

爲什麼？爲什麼？爲什麼？

「我眞的不明白。」過了好一會兒，她才忽然冒出這樣一句。

我托著腮，香菸還含在嘴裏，再抬頭看一次獨角獸的銅像。兩頭獨角獸彷彿朝向某個被遺棄的時光之流，焦躁地揚起四隻前腳。

「我只知道，人的頭上要是壓載著盆子是無法抬頭看天的。」她說。「我是指你喲。」

「妳能不能說得具體一點？」

她把沾在水裏的手指在襯衫下襬擦了幾次之後，轉頭朝向正面。「我覺得現在的你是救不了任何一件事的。任何一件噢。」

我嘆一口氣。

「對不起。」

「不，沒關係。」我說。「一定是現在的我連一個便宜的枕頭都救不了吧。」

她又再微笑一次。「而且你連一個貧窮的叔母都沒有。」

對呀，我連一個貧窮叔母都沒有……

這好像是一句歌詞啊。

2

或許你的親人裏也一樣沒有一個貧窮叔母。那麼我和你就擁有所謂「沒有一個貧窮叔母」這個共同點了。不可思議的共同點。簡直像安靜早晨的水窪一般的共同點。

雖然如此，你在某人的結婚典禮上，應該至少也看過貧窮叔母的身影吧。就像任何書架上至少都會有長久之間沒碰過的讀到一半的一本書一樣，就像任何一個衣櫥裏都會有幾乎從來沒穿過的一件襯衫一樣，任何一個婚禮中，都會有一個貧窮叔母。

她幾乎沒有被介紹給任何人，也幾乎沒有任何人跟她說話。也沒有人請她發言。她只不過像舊牛奶瓶般端正坐在桌前而已。她無依無靠地輕聲喝著牛肉汁清湯，用魚叉吃著沙拉，沒有能夠舀起豇豆，最後落得缺了一支冰淇淋小茶匙。她所送的禮物如果幸運的話，應該還被收在壁櫥的深處，如果運氣不好的話，應該已經在搬家時，和滿是灰塵的保齡球比賽獎品一起被丟掉了。

偶爾被拿出來看的結婚典禮的相簿中，她雖然也被拍在裏面，但那身影卻像程度還好的溺死屍體般有點令人擔心。

相片上的這個女人是誰？你看，第二排這個戴眼鏡的……

噢，沒什麼，年輕的丈夫回答，只不過是個貧窮叔母啊。

她沒有名字。只不過是個貧窮叔母，如此而已。

當然，名字遲早是會消失的，也可以這麼說。

不過，卻應該有各種消失法。首先第一種，是隨著死去的同時名字便消失的類型。這個簡單。「河川乾涸，魚死絕」，或「火燄覆蓋了森林，鳥雀盡被燒光」……我們如此哀悼牠們的死。其次是像變舊的電視機一般，死掉以後畫面上依舊嘰哩嘰哩地閃著白光，然後有一天突然噗哧地消失的類型。這也不壞。雖然好像在路上迷路的印度象的腳印一樣，但確實不壞。還有最後一種，是在死去以前名字就已經消失的類型，也就是貧窮的叔母們。

不過我有時候，也會陷入像這種貧窮叔母式的名字喪失狀態。在巴士總站黃昏的混雜擁擠中，自己的目的地、姓名、地址突然消失，腦子裏變成一片空白。當然那只是非常短暫的，五秒或十秒之間的事而已。

也曾經有過這樣的情形。

「我怎麼都想不起你的名字。」有人這樣說。

「沒關係，不用放在心上。因爲本來就不是怎麼了不起的名字。」

他指了幾次自己的喉結說。「不，都已經到這裏了噢。」

那樣的時候，我覺得自己好像全身被埋在土裏，只有左腳尖突出地面似的。有人有時候會因此感到挫折，並開始道歉。啊，對不起，不過已經到這裏，快想起來了……

那麼，失去的名字到底消失到什麼地方去了呢？在這迷魂陣般的都市裏，他們能夠存活的機率想必是極微小不會錯。他們有的已經被載貨大卡車碾過壓扁在路上，有的只因沒帶零錢無法搭電車，便倒在路邊死掉了，有的則口袋裏裝滿了自尊跳到深河裏死去了。

不過就算這樣，他們之中應該有幾個人還活著並跋涉到名字失去的地方，在那裏悄悄建立起家園也不一定。小小的，眞的很小的地方。而且在那入口，一定立著有這樣的招牌吧。

閒雜人等禁止進入。

閒雜人等如果擅自闖入，當然是會受到一點小小處罰的。

♤

或許那就是爲我所準備的小小處罰也不一定。我背上貼了一個小小的貧窮的叔母。

我最初發現她的存在，是在八月中旬。並不是有什麼事而發現的。只是忽然感覺到而已。感覺到我背上有貧窮的叔母。

那絕不是不愉快的感覺。既不太重，也不會往我耳朵後面吐臭氣。她只不過像一面漂白的影子般緊緊貼在我背上而已。要不特別注意的話，連別人也不會發現她貼在上面的這回事。跟我同居的那些貓剛開始的兩三天雖然也以懷疑的眼光盯著她，當牠們知道她無意侵犯自己的領域時，便立刻習慣了她的存在。

我有幾個朋友好像不太自在的樣子。因爲當我們正面對面一起喝著酒的時候，她偶爾會從我背後探頭出來偷瞄他們。

「實在不太自在。」

「不用在意呀。」我說。「因爲她不會有什麼害處的。」

「不是啦，這個我知道。不過，好像有點陰沉沉的。」

「嗯。」

「你到底是從哪裏把那樣的東西揹來的？」

「沒有什麼哪裏。」我說。「只是，我一直在想很多事情。這樣而已。」

他點點頭，嘆一口氣。「我明白，你從以前就是這種個性。」

「嗯。」

我們不怎麼起勁地繼續喝了一小時左右的威士忌。

「喂。」我問他。「到底什麼地方那樣陰沉沉的呢？」

「換句話說啊，我覺得好像我老媽在探頭偷瞄我似的。」

「爲什麼？」

「爲什麼……」他好像很困惑的樣子說。「因爲貼在你背上的是我母親啊。」

綜合幾個人的這種印象看來（因爲我自己無法看到她的長相），貼在我背上的並不是固定一種形象的貧窮叔母，似乎是隨著看到的人各別的心象形成各別不同形貌的一種如同 ether（天之靈氣、大氣）一般的東西。

對某一位朋友來說，那是去年秋天因食道癌而死去的秋田犬。

「牠十五歲喲，已經老得搖搖晃晃了。不管怎麼說總是食道癌，眞是好可憐。」

「食道癌？」

「對呀，食道上長的癌。好難過噢。只有這個我也不敢領教。每天唉唉叫著哭呢。不過聲音都不太叫得出來。」

「哦——」

「其實我也考慮過讓牠安樂死，但我老媽反對。」

「爲什麼？」

「誰知道。大概不想沾污自己的手吧。」他一副很無趣的樣子說。「總之大約有兩個月就靠點滴活著。在儲藏室的地上噢。眞是地獄。」

在這裏他暫時閉上嘴。

「並不是多怎麼樣的狗。膽子好小，看到人就叫，一點用都沒有。只會吵人，還得過皮膚病。」

我點點頭。

「倒不如生做蟬不要做狗，對牠自己大概也比較快樂也不一定。怎麼叫都不會惹人嫌，也不會得到食道癌。」

然而牠終究還是一隻狗，嘴裏依舊還插著塑膠管子就那樣貼在我的背上。

對某一位不動產業者來說，那是很久以前的小學女老師。

「昭和二十五年（一九五〇年），那應該是朝鮮戰爭開始的那年。」他一面以厚毛巾擦著臉上的汗，一面這樣說。「兩年之間帶我們這班，好懷念啊。該說懷念嗎，其實是幾乎已經忘記了。」

他好像把我當做那個女老師的親戚或什麼似的，還請我喝冰麥茶。

「想起來她還眞可憐。剛結婚那年丈夫就被軍隊徵召，在輸送船上運送途中遭到轟炸，那大概是昭和十八年的事吧。她就那樣在小學教書，但據說第二年竟然遇上空襲被火燙傷。從左臉頰到左手腕。」他用手指從左臉頰到左手腕拉一條長線，然後一口把自己的麥茶喝乾，又用毛巾擦汗。「人長得好像很漂亮，眞可憐啊……據說連個性都變了噢。要是還活著也已經將近六十了吧。那是昭和二十五年……」

就這樣街角的地圖，以結婚典禮的座位表逐漸作成。以我的背為中心，貧窮叔母的圈子逐漸擴大延伸出去。

但同時，我的朋友們卻像梳子的櫛齒斷落了一般，一個接一個的從我周圍離去。

「那傢伙本身倒不是壞人，」他們這樣說。「只是每次見到他，就讓我看到我陰沉沉的老媽（或得食道癌而死去的老狗，或留下燙傷疤痕的女老師）的臉，實在受不了。」

我覺得自己好像變成牙科醫師的椅子似的。雖然沒有任何人責備我，沒有任何人憎恨我，然而大家還是都避開我，就算在什麼地方偶然碰面了，也會找個冠冕堂皇的理由立刻消失蹤影。跟你兩個人在一起總覺得好像快要窒息了，一個女孩子老實說。

這又不能怪我。

我知道啊，她這樣說著爲難地笑笑。如果你揹的是雨傘架或什麼的話，我想那倒還可以忍受……。

雨傘架。

唉，算了，我想。本來就不擅長跟別人交往，不管是什麼，只要想到揹著雨傘架活下去，還不如現在這個樣子還比較好吧。

倒是另一方面，我落得必須接受幾家雜誌的採訪。他們每隔一天就來拍我和叔母的照片，說是她的形象無法拍好就生起氣來，還對我發出一堆莫名其妙的問題然後回去。其實我自己從來不去翻開刊登那些報導的雜誌。要是去讀的話恐怕會想上吊自殺吧。

甚至還上過電視的晨間新聞。早上六點他們把我挖起來，用車子載到攝影棚，給我喝不明實體的咖啡。主持人是一個好像身體可以看穿過去的中年播音員。想必一天要刷六次牙吧。

「那麼讓我們來介紹今天早晨的來賓……先生。」

鼓掌。

「早安。」

「早安。」

「嗯，……先生因爲某種突發的原因，背上開始揹起貧窮的叔母，這其中的經過和辛苦情形，我們請他爲我們說明……」

「其實也談不上辛苦。」我說。「因爲既不重，也不需要吃喝。」

「那麼會不會肩膀酸痛……」

「不會。」

「從什麼時候開始，也就是說，開始貼在那裏的呢？」

我簡短地說了有獨角獸銅像的廣場，但主持人似乎無法瞭解那意思。

「也就是說，」他乾咳一下然後說。「那位貧窮叔母是躱在您所坐的地方旁的水池裏，然後跳到您背上來的嗎？」

我搖搖頭。結果大家所要的只是笑話或二流的怪談。

「貧窮叔母並不是幽靈。她沒有躲在任何地方，也不會附身在任何人的身上。那只不過是一種所謂的語言而已。」我一面感到厭煩一面這樣說明。「只是語言而已。」

沒有任何人開口發問。

「換句話說，因爲所謂的語言，是像接續在意識上的電極一樣的東西，如果透過那個繼續傳送同樣的刺激的話，那裏一定會產生某種反應。當然因個人而異，反應的種類完全不同，不過以我的情況，那是像獨立的存在感般的東西。就像嘴巴裏舌頭逐漸膨脹起來的感覺。貼在我背上的，結果也只是所謂貧窮的叔母這語言而已。那既沒有意義也沒有形狀。要勉強說的話，那就像概念性記號似的東西。」

主持人臉上一副很困惑的表情。「您說既沒有意義也沒有形狀，可是我們在您背上現在可以清清楚楚地看到某種形象，那對我們都會產生各別不同的意義呀。」

我聳聳肩。「所謂記號大概就是這種東西吧。」

「那麼，」年輕的女助理打破僵局地發問。「如果想讓那消失的話，那形象或存在能不能憑您自己的意志自由地消失呢？」

「那沒辦法。一旦產生的東西，就會跟我的意志無關地繼續存在下去。」

年輕女助理以無法認同的樣子繼續發問。

「例如，您剛才所說的將語言化為概念性的記號，這種作業我是不是也有可能做到呢？」

「有可能。」我回答。

「如果我，」這時候主持人插進嘴來。「假定我每天重複幾次所謂概念性這語言的話。那麼是不是有一天我背上也可能出現概念性的形象呢？」

「或許吧。」

「也就是概念性這語言在進行概念性的記號化噢。」

「沒錯。」攝影棚強烈的燈光使我的頭開始痛起來。

「然而所謂概念性這東西到底長成什麼樣子呢？」

不知道，我說。因為那是超過我想像力之外的問題，而且我光是揹著一個貧窮的叔母已經太夠了。

當然世上的一切全都很滑稽。誰又能逃得了呢？從強烈燈光照射下的電視台攝影棚，到陰暗森林深處隱者的庵堂，沒有絲毫差異。我背上依然揹著貧窮的叔母，繼續走在這樣的世界。當然我在這樣滑稽的世界是格外滑稽的。因爲畢竟我揹著貧窮的叔母啊。想必和那位女子所說的那樣，或許我不如乾脆去揹個雨傘架。那樣的話人們或許還會把我當做一夥的。我可以每隔一週把那雨傘架換漆新顏色，到所有的宴會去露面。

「哇，這週的雨傘架顏色是粉紅色的耶。」有人說。

「是啊。」我回答。「因爲這週的心情吹的是粉紅色的傘架風啊。」

可愛的女孩子們或許也會過來跟我說話。「嗯，你的傘架非常漂亮噢。」

跟揹著粉紅色傘架的男人上床，對她們來說一定也會成爲很美好的經驗吧。

然而遺憾的是我所揹負的並不是傘架，而是貧窮的叔母。隨著時間的經過，人們對我和我所揹負的叔母興趣都逐漸淡化。而且終於只留下些許的惡意，便完全失去興趣了。結果（正如我的同伴所說的）誰都不會對貧窮的叔母感到什麼興趣。當初的一點點稀奇在經過一定的路程而消失之後，剩下的就只有像海底一般的沉默了。就像我和貧窮的叔母一體化之後那樣的沉默。

3

「我看到你上的電視節目噢。」我的同伴說。

我們坐在和上次一樣的水池邊。我有三個月沒見她了，現在已經是初秋。

「看你好像有點累的樣子。」

「是啊。」

「不太像你嘛。」

我點點頭。

她在膝蓋上反覆折疊了好幾次長袖運動衫。

「你好像終於也擁有自己的貧窮叔母了噢。」

「好像是。」

「怎麼樣，感覺怎樣？」

「好像掉到井底的西瓜一樣的感覺。」

她把膝蓋上疊得整整齊齊的柔軟運動衫簡直當做貓一般，一面撫摸著一面笑。

「關於她的事你明白了什麼嗎？」

「漸漸的有一點。」

「那麼，多少可以寫一些了吧？」

「不」我輕輕搖頭。「完全沒辦法寫。或許以後一直都無法寫也不一定。」

「眞懦弱。」

「我覺得好像寫小說沒有任何意義似的。就像妳什麼時候說過的那樣，如果我一點都沒救的話。」

她咬著嘴唇沉默不語一會兒。

「嘿，你問我一些問題看看嘛。說不定有一點幫助噢。」

「做為一個貧窮叔母的權威嗎？」

「對呀。」

該從什麼地方著手才好，我花了一些時間才想到。

「我有時候會想，到底什麼樣的人會變成貧窮叔母呢。」我說。「所謂貧窮叔母是生下來就是貧窮叔母呢，或者所謂貧窮叔母式的狀況是像蟻獅般在街角大大地張開嘴巴，等待路過的行人走來便一一吞進去，再逐一將這些人變成貧窮叔母的呢？」

「這兩種一定都一樣啊。」她說。

「一樣？」

「嗯。也就是說貧窮叔母或許有貧窮叔母的少女時代，有她的青春。或許沒有。不過，那怎麼樣都沒關係。世界上一定充滿了數以百萬計的理由噢。有爲了活下去的幾百萬個理由，有爲了死的幾百萬個理由。那種東西多少錢就可以買到一大堆。你所追求的應該不是這種東西吧？」

「說得也是。」我說。

「她是存在的，只有這樣而已。」她這樣說。「剩下的就只有你接不接受了。」

我們什麼也沒說，就保持那樣的姿勢一直坐在水池邊。透明的秋日的光，在她的側臉上形成小小的陰影。

「嘿，你不問我在你背上看得見什麼嗎？」

「妳在我背上看得見什麼？」

「什麼也看不見。」她微笑地說。「我只看得見你。」

「謝謝。」我說。

♤

當然時間會平等地鎚打所有一切的人。就像重重地鞭打老馬直到牠死在路上的馬車夫一樣。但因爲那是安靜得可怕的鎚打，所以很少人發現自己是在被打。

雖然如此，我們依然可以看見所謂的貧窮叔母，換句話說就像透過水族館的玻璃窗，眼前可以看見那樣的時間流動的樣子。在狹小的水族館玻璃箱中，時間將叔母像柳橙一般搾光，汁已經一滴都絞不出來了。

吸引我的，正是她身上的那種完美。

••••••

眞的已經一滴都擠不出來了！

對，完美簡直像被封閉在冰河裏的屍體一般。坐在叔母存在的核心之上。就像不鏽鋼般壯觀的冰河。想必唯有一萬年的太陽才能溶化那樣的冰河。然而當然貧窮的叔母不可能活一萬年，因此她將伴著那完美而生，伴著那完美而死，伴著那完美而葬。

泥土下的完美和叔母。

或許終於在一萬年之後，冰河在黑暗中溶化，完美會推開墳墓現身在地上也不一定。想必地上的樣子已經完全改變。不過如果結婚典禮這種儀式還依然存在那裏的話，或許貧窮的叔母和留下的完美將會被邀出席，以華麗的餐桌禮儀完成儀式過程，站起身來述說衷心的賀辭。

不過，這種事還是別說了吧。因爲終究那將是西元一一九八〇年的事。

4

貧窮的叔母離開我的背上是在秋天的終了。

我想起在冬天來臨以前必須做好的事，我和貧窮的叔母一起搭上郊外電車。下午的郊外電車只有寥寥無幾的少數乘客搭乘。因爲實在太久沒出遠門了，所以我毫不厭倦地一直眺望著窗外的風景。空氣乾爽透明，山綠得甚至有點不自然的程度，鐵路旁邊的好些樹上已經隨處結著紅色的果實。

在回程的電車上，隔著通道斜對面的座位上坐著一位三十五歲左右清瘦的母親和兩個小孩。年長的女孩穿著像是幼稚園制服的深藍色綾織洋裝，戴著結有紅蝴蝶結的嶄新灰色尼帽。狹小的圓弧帽簷一面畫出柔和的弧線一面往上翹起，帽子簡直像小動物般靜靜地棲息在她的頭上。一個三歲左右的男孩子好像被夾在中間般很無聊地坐在母親和她之間。任何電車上都看得見的平凡母子組合。既不特別漂亮也不特別醜。不像是有錢人，但也不顯得貧窮。我打了一個呵欠之後又再讓腦子恢復成一片空白，側過臉繼續眺望和車行方向相反一側的風景。

他們三個人開始發生什麼是在大約十分鐘以後。好像勉強壓制忍耐著似的斷斷續續的會話忽然把我拉回現實。時刻已經接近黃昏，老舊的車內燈將三個人的形影染成舊照片般發黃。

「可是媽媽，我的帽子……」

「知道了，妳放乖一點。」

女孩子把想說的話吞回去，不服氣地沉默下來。坐在中間的男孩子手拿著剛剛還戴在姊姊頭上的帽子，兩隻手盡情地用力拉來扯去。

「媽，妳打他，幫人家拿回來嘛。」

「我不是叫妳閉嘴嗎？」

「可是，已經變成那樣縐巴巴了啦……」

母親瞄了一眼男孩子，然後一副嫌麻煩地嘆一口氣。母親大概是太累了吧，我想像。每個月的分期付款和牙醫的帳單等，推進得太快的時間似乎完全壓倒了黃昏時分的她。

男孩子還繼續拉扯著帽子。好像用圓規畫出來般滑順的圓型帽簷，現在形狀已經毀了一半，附在旁邊誇耀意味的紅蝴蝶結也在男孩子手中被揉成一團。母親的不關心顯然助長了他的放肆。等到他厭倦那動作時，恐怕帽子的外觀已經不成形狀了，我想。

女孩子在一陣煩惱之後，似乎也得到和我一樣的結論。她突然伸出手推了一下弟弟的肩膀，再趁對方畏怯的空隙快速地搶過來，放到弟弟的手搆不著的座位上去。一切都在一瞬間進行，因此母親和弟弟都花了一次深呼吸的時間才明白過來那行爲的意思。弟弟突然放聲大哭起來，和這同時母親的巴掌已經啪地打在女孩子裸露的膝頭。

「可是媽，是他先……」

「在電車上胡鬧的孩子已經不是我們家的小孩了。」

女孩子咬著嘴唇背過臉去，眼睛一直繼續瞪著椅子上方的帽子。

「到那邊去。」

母親指著旁邊的空座位。女孩子眼光依然避開著，想要不理母親伸得筆直的手指，但母親的手指卻仍凝凍在空中，一直繼續指著我的左邊。「去呀，妳已經不是我們家的孩子了。」

女孩子好像已經放棄了似的，手拿起帽子和皮包站了起來。慢慢橫過走道，坐到我旁邊低著頭。她看來似乎還無法判斷自己是不是眞的已經被放逐出家庭之外了。她對放在膝蓋正中央的帽子帽簷上的縐紋好像一直想不開似地繼續拉平撫順著。如果眞的被趕出來的話，她想著，我以後該到哪裏去才好呢？於是她抬起頭來看我的側臉。但眞的不乖的是他。因爲是他把我的帽子弄得這樣縐巴巴的……可以看見低著頭的她，紅臉頰上流下了幾道淚痕。

她是個長相平凡的少女。可能是包圍著她的平板性像煙一般滲透進她的臉上吧，這豐滿的臉上所散發的這個年紀少女特有的透明感，到了思春期或許就會完全消失在不強壯的肌肉中吧。我從她那樣的姿勢可以想像一面撫平帽子縐紋，一面由少女成長爲大人的模樣。

我的頭抵在玻璃窗上就那樣閉著眼睛。試著回想過去所遇到的幾個女朋友的臉。並試著回想她們所留下的片片斷斷的話，沒什麼的動作，眼淚和腳踝的形狀。她們現在到底過著什麼樣的人生？或許她們中有幾個像黑暗中迷途逃不出來而被吸進黑夜森林深處的小孩一般，不知不覺地繼續走在黑暗的路上也不一定。這種模糊的悲哀，在車內電燈的黃色光線中像蛾的銀粉般飄著。我把雙手在膝蓋上伸張開來，長久看著兩個手掌。彷彿滿滿吸進了好幾個人的血一般，我的手暗暗髒髒的。

我很想把手輕輕放在我身旁聳起肩膀的女孩的肩上，但我的手一定會嚇到她。我的手可能就這樣永遠救不了任何一個人。就像她無法撫平灰色尼帽的帽簷一樣。

下電車時，周遭已經吹起冬天的風了。毛衣的季節結束，厚大衣的季節已經來到街角了。

走下樓梯，出了收票口，我終於從黃昏郊外電車的咒縛，和那黃色車內燈的咒縛中解脫出來。心情很不可思議。好像身上有什麼完全被拔掉了似的……。我一直靠在收票口旁的一根柱子上，眺望了一會兒被包裹在形形色色殼子裏的各種人的群體，像川流般通過我眼前而去。然後我突然發現，貧窮的叔母已經不知道在什麼時候從我背上消失了。

就像她來的時候一樣，沒有驚動誰就從我背上悄悄離去了。我不知道現在該往哪裏去才好。就像立在沙漠正中央的一根毫無意義的標幟一般，我孤伶伶的一個人。我從口袋裏掏出所有的銅板放進公共電話裏，撥了她公寓的電話號碼。響了八聲，第九聲她來接了。

「我剛剛在睡覺。」她以含糊的聲音說。

「傍晚六點半？」

「從昨天晚上開始工作一直做不完，兩小時前才好不容易解決掉。」

「對不起，把妳吵醒了。」我說「我只是想確認一下妳是不是眞的活著。雖然我也無法好好說明。」

她小聲地笑著。

「活著啊。爲了活下去而拚命工作，因此而睏得要命。這樣可以了嗎？」

「要不要一起吃飯？」

「很抱歉我什麼都不想吃。現在只想睡覺，別的都不想。」

「本來想跟妳談一談。」

聽筒的那一頭她沉默了一下。或許只是打了一個呵欠也不一定。

「以後再說吧。」她慢慢地把話切開似地說。

「多久以後？」

「總之反正是以後啊。讓我睡一下。我想只要睡一下，醒過來以後一切都一定會變順利的。明白嗎？」

「明白了。」我說「晚安。」

「晚安。」

於是她把電話掛斷。我注視了一會兒拿在手上的聽筒然後安靜地放回去。覺得肚子餓得不得了。非常想吃點什麼。如果說他們能給我什麼的話，我大概會躺在地上，甚至舔起他們的手指吧。

可以呀，我就舔你們的手指吧。然後再像被雨淋著的枕木般沉沉地熟睡吧。

我靠在車站大樓的窗邊，把香菸點著。

如果，我想，如果一萬年後，出現了只有貧窮叔母們的社會的話，她們會不會為我打開城門呢？那裏應該有由貧窮叔母們所選出來的貧窮叔母們的政府，有貧窮叔母們掌握著方向盤，行駛著為貧窮叔母們服務的電車，有貧窮叔母們手寫的小說吧。

不，或許她們並不覺得需要這些東西。不需要政府、電車和小說……。

她們也許會製造好幾個巨大的醋瓶子，希望進去裏面靜悄悄地活也不一定。從空中眺望時，那樣的瓶子有好幾萬個，好幾十萬個一望無際地排在地面也不一定。那想必是非常美麗的景觀吧。

對呀，如果那個世界能夠容有一個詩人進去的餘地的話，我倒也可以寫詩。當貧窮叔母們的桂冠詩人。

那樣倒也不壞。

我為映照在綠色玻璃瓶上的太陽而歌唱，為那腳下延伸出去閃著朝露的廣闊草海而歌唱。

然而結果，那是一一九八〇年的事。而要等待一萬年之久，時間未免太長了。到那時候為止，我必須度過好幾次的冬天。

紐約炭礦的悲劇

地下的救援作業，
也許正在進行中。
或者大家全都放棄，
已經退回去走掉了呢？

「New York Mining Disaster」
（作詞・曲／Bee Gees）

每當颱風和豪雨來的時候就會信步走到動物園去，這種算是比較奇怪的習慣，有一個人這十年來一直繼續守到現在。他就是我的朋友。

颱風接近城裏來了，當正常人都紛紛啪噠啪噠地關上避雨板窗，確認電晶體收音機和手電筒的情況時，他卻把越南戰爭最激烈時代買到手的美軍淘汰軍用品斗篷式雨衣（poncho）披在身上，口袋裏塞進罐裝啤酒便走出門去。

如果運氣不好的話，動物園的門是關閉的。

因天候不良今日休園。

嗯，算來這也是個最冠冕堂皇的理由。到底有誰非要在颱風天下午到動物園去看長頸鹿或斑馬不可呢？

他心情愉快地放棄了，在門前排列著松鼠石像的旁邊坐下，喝完變得有點不涼的罐裝啤酒，然後才轉身回家去。

如果運氣好的話，門是開的。

他付了入場費進到裏面，立刻一面辛苦地吸著被濡濕得潮潮的香菸，一面花時間繞場仔細地看遍一隻隻動物們。

動物們躲在獸舍從窗裏以恍惚的眼光眺望著雨，或在強風中興奮得跳來跳去，或因氣壓的急速變化而膽怯畏縮，或生著氣。

他每次都在孟加拉虎的柵欄前，坐下來喝一罐啤酒（因爲每次都是孟加拉虎對颱風最生氣），其次在大猩猩的獸舍前喝第二罐啤酒。大猩猩多半的情況對颱風是毫不關心的。大猩猩總是以一副好像頗同情的表情望著他那一副人魚般的模樣坐在水泥地上喝著罐裝啤酒的德性。

「簡直像兩個人碰巧搭上故障電梯似的感覺。」他說。

其實除了這樣的颱風天下午之外，他是個極端正常的人。他在一家雖然不是多麼有名，但相當整潔雅致感覺頗好的外商貿易公司上班，一個人住在清清爽爽的公寓裏，每半年換一次女朋友。到底爲什麼非要這麼頻繁地換女朋友不可呢，我實在完全無法理解。因爲她們全都像是細胞分裂般的長得非常相像。

很多人不知道怎麼都過分把他想成平凡而遲鈍的人，不過他倒一點也不在意的樣子。他擁有一部程度還好的老爺車，擁有巴爾札克全集，擁有全套最適合穿著去參加葬禮的黑西裝、黑領帶和黑皮鞋。

每次有人死去，我就會打電話給他。向他借西裝、領帶和皮鞋。雖然西裝和皮鞋的尺寸都比我的各大一號，不過當然也沒有理由抱怨。

「不好意思。」我每次總是說。「又有葬禮了。」

「不用客氣，不用客氣。」他每次都說。

他住的公寓離我住的地方大約計程車十五分鐘車程的距離。我到他家時，桌上已經整齊地放好燙得筆挺的西裝和領帶，皮鞋也擦得晶亮，冰箱裏還預先冰好半打外國啤酒。他就是這種男人。

「上次我在動物園看見貓噢。」他一面打開啤酒瓶蓋一面說。

「貓？」

「嗯，大約兩星期前，我到北海道出差，那時候我走進附近的動物園去看看，結果有一個小柵欄掛著〈貓〉的牌子，裏面躺著貓噢。」

「什麼樣的貓？」

「非常普通的貓啊。茶色條紋，尾巴短短的，胖得不得了。牠就那麼大剌剌地橫躺著呢。」

「一定是貓在北海道很稀奇吧。」我說。

「怎麼可能。」他說。

「首先第一個問題是，爲什麼貓就一定不可以進動物園呢？」我試著問道。「貓不也是動物嗎？」

「這是習慣哪。也就是說貓和狗都是到處可見的動物啊。沒有必要特地花錢去看。」他說。

「就跟人一樣嘛。」

「原來如此。」我說。

喝完半打啤酒，他幫我把領帶和用塑膠袋套起來的西裝和鞋盒子一起整齊地裝進大紙袋裏。好像這就可以去野餐似的感覺。

「每次都這麼麻煩你。」我說。

「別客氣嘛。」他說。

其實他從三年前定做了那套西裝以來，幾乎從來沒穿過。

「誰都沒有死啊。」他說。「還眞不可思議，自從做了這套西裝以後，就沒有任何一個人死去過。」

「事情一定都是這樣子。」

「完全沒錯。」他說。

♤

說起來，那還眞是個葬禮多得可怕的一年。在我周圍，朋友們和過去的老朋友們一個接一個的死去。彷彿夏天烈日下的乾旱玉米田般的光景。在我28歲那年。

我身邊的朋友們，大體上也都是同樣的年齡。27、28、29……實在不太適合死的年齡。

詩人在21歲時死去，革命家和搖滾樂手在24歲時死去。只要這些過去之後，暫時總算可以平安度日了吧，這是我們大家的預測。

既然已經走過不祥的轉彎，也已經穿過燈光昏暗陰陰濕濕的隧道，接下來只要在筆直的六線道上（就算不怎麼心甘情願）朝向目的地直奔而去就行了。

我們每隔一段時日剪一次頭髮，每天早上刮鬍子。我們已經不是詩人、不是革命家、也不是搖滾樂手了。不再喝醉酒在公共電話亭裏睡著，在地下鐵的車廂裏吃一袋子櫻桃、或在清晨四點把Doors的LP放大音量來聽了。爲了應酬還加入人壽保險，開始在大飯店的酒吧喝起酒來，還把牙醫的收據留起來以便扣繳醫療保險。

畢竟，已經28歲了啊……。

預期之外的殺戮就在那之後緊跟著開始了。應該可以說是出其不意的打擊吧。

正當我們在悠閒的春日陽光下，剛換穿西裝的時候。尺寸不怎麼太合，襯衫袖子反了，右腳一面穿進現實的褲管，而左腳卻想穿進非現實的褲管裏似的，正在有一點騷動的時候。

殺戮隨著一聲奇怪的槍聲而來。

好像有人在形而上的山丘上抱著形而上的機關槍，朝向我們掃射形而上的子彈一般。

但結果，死只是死而已。換句話說，兔子不管是從帽子裏跳出來，或從麥田裏跳出來，兔子只是兔子而已。

高熱的爐灶只是高熱的爐灶而已，從煙囪冒出來的黑煙，只是從煙囪冒出來的黑煙而已。

♤

第一個走過橫跨現實與非現實（或非現實與現實）之間的黑暗深淵的，是在國中當英語教師的我大學時代的朋友。結婚三年了，妻子因爲待產，從年底就回四國的娘家去了。以一月來說，有點太暖和的星期天下午，他在百貨公司的金屬用品賣場買了可以割得下大象耳朵的西德製剃刀和兩罐刮鬍膏，回到家燒洗澡水。然後從冰箱拿出冰塊來，喝完一瓶蘇格蘭威士忌之後，便很乾脆地在浴缸裏割腕死去。

兩天後他的母親發現屍體。於是警察來拍了幾張現場照片。如果適度搭配上觀葉植物盆栽的話，或許就可以當做番茄汁廣告般的風景。

自殺，是警察的公式發表。家裏門是上鎖的，而且第一點因爲當天買剃刀的是他本人哪。

可是他到底爲了什麼目的，會去買根本就沒打算要用的刮鬍膏呢（而且還是兩罐）？誰都不明白。

或許不太能夠適應自己再過幾個小時之後就已經死掉的想法吧。或者，是怕被百貨公司的店員識破自己要自殺也不一定。

既沒留下遺書或便條，什麼也沒留言。只在廚房的桌上，留下玻璃杯、空威士忌酒瓶和放冰塊的冰桶，還有兩罐刮鬍膏而已。

他一定是在等熱水燒熱時，一面喉裏喝進了不知道多少杯的黑格(Hague)威士忌加冰塊，一面一直眼盯著刮鬍膏的罐頭吧。而且說不定這樣想。

我可以不用再刮鬍子了。

二十八歲青年的死，就像冬天的雨那樣，總是令人感傷。

♤

接下來的十二個月之間，就有四個人死去。

三月裏由於沙烏地阿拉伯或科威特的油田事故一個人死去，六月裏兩個人死去。分別因爲心臟病發作和交通事故。從七月到十一月，繼和平季節之後，十二月中旬最後一個又是因交通事故死去。

除了第一個自殺的朋友之外，幾乎所有的傢伙都是在還來不及意識到死之前，就在一瞬之間死去了。就像正在迷迷糊糊地走上平常走慣的樓梯時踏板卻少了一階，的那種感覺。

「幫我鋪棉被好嗎？」一個人這樣說。就是六月裏心臟病發而死的那個朋友。

「後腦袋卡噠卡噠響著呢。」

他鑽進棉被裏睡覺，就再也沒有醒過來。

十二月裏死去的女孩子是那年最年輕的死者。也是唯一的女性死者。二十四歲，和革命家與搖滾樂手同年齡。

聖誕節前下著冷雨的黃昏，在啤酒公司運貨卡車和水泥電線桿之間所形成的悲劇性（也是極日常的）空間中，她像被擦碎般地死去。

最後那個葬禮的幾天後，我抱著剛從洗衣店拿回來的西裝，和當做謝禮的威士忌酒去拜訪西裝主人的家。

♤

「謝謝你，幫了我好多忙。」我說。

「別掛在心上。反正我也沒用。」他一面笑著說。

冰箱照例冰著半打啤酒，坐起來很舒服的沙發微微有一點陽光曬過的氣味。桌上放著剛洗過的菸灰缸和聖誕節應景用的聖誕紅盆栽。

他接過塑膠袋套著的西裝之後，就以像把剛剛冬眠的小熊放回洞裏似的手勢把那輕輕收進衣櫥裏去。

「但願西裝沒有留下葬禮的氣味。」我說。

「衣服沒關係。本來就是爲了這個用的衣服嘛。令人擔心的是那內容噢。」

「嗯。」我說。

「畢竟老是葬禮不停啊。」他把腳架到對面的沙發上，一面把啤酒倒進玻璃杯一面這樣說。

「總共幾個人呢？」

「五個。」說著我把左手的手指全部伸開來給他看。「不過，已經結束了。」

「你這麼想？」

「我這樣覺得。」我說。「死的人數已經夠多了。」

「總覺得好像是金字塔的詛咒似的。當星星巡行天空，月影遮蔽太陽的時候……」

「就是這麼回事啊。」

喝完半打啤酒之後，我們開始喝起威士忌。冬天的夕陽像和緩的斜坡般照進屋裏來。

「你最近臉色好像有點暗。」他說。

「是嗎？」我說。

「一定是夜裏想太多事情了。」

我笑著抬頭看天花板。

「我夜裏已經不再想事情了。」他說。

「怎麼做到的？」

「心情暗淡的時候就打掃啊。打開吸塵器吸吸地、再擦擦玻璃窗、擦擦玻璃杯、移動移動桌椅、把襯衫一件一件拿來燙平、椅墊拿出去曬呀。」

「哦。」

「然後一到十一點就喝酒睡覺。只有這樣啊。早上起床穿襪子的時候，大多的事都已經忘了，乾乾淨淨的噢。」

「哦。」

「半夜三點，人都會想到很多事情，這個那個的。」

「或許吧。」

「半夜三點，連動物都會想事情。」他好像想起來似地這樣說。「半夜三點你有沒有進去過動物園？」

「沒有。」我恍惚地回答。「當然沒有啊。」

「我只有一次。被朋友拜託。這本來是不行的。」

「哦。」

「眞是很奇怪的經驗，很難形容。簡直就像地面無聲地往四面八方裂開，然後有什麼從那裏爬出來似的，有那種感覺。然後在深夜的黑暗中，從地底下爬上來那眼睛看不見的什麼東西就猖狂地亂竄。像冷冰冰的空氣團似的東西喲。眼睛看不見。但是動物們可以感覺得到那個。而我又可以感覺得到動物們所感覺到的那個。結果我們腳下所踩著的這個大地，就通到地球核心去，而這地球核心則吸有無盡量的時間。……這是不是很奇怪？」

「不。」我說。

「我不會想再去第二次。半夜的動物園這種地方。」

「你是說寧可颱風天去嗎？」

「嗯。」他說。「颱風天去好多了。」

電話鈴響了。

照例是那個像細胞分裂般的他的女朋友打來的細胞分裂式的沒完沒了的長電話。

我乾脆把電視機開關打開。這是27吋的彩色電視機，只要輕輕接觸手邊的遙控器按鍵，就可以無聲地改變頻道。虧得有六個喇叭之多，因此感覺好像走進從前的電影院裏一樣。好像還附帶放映新聞片和卡通影片時代的那種電影院。

我把頻道從頭到尾轉了兩巡之後，決定看新聞節目。有國界紛爭、大樓火災、貨幣升值貶值。有汽車的進口限制、寒天的游泳比賽、還有全家自殺。每件事件都像中學的畢業相片一樣，好像和什麼地方相關聯似的。

「有什麼有趣新聞嗎？」他走回來這樣問我。

「沒什麼。」我說。「只因爲好久沒看電視了。」

「電視至少有一個優點。」想了一下後他這樣說。「隨時可以關掉。」

「你可以一開始就根本不要開呀。」

「少來了。」他很愉快地笑了。「我可是心地溫暖的人喏。」

「好像噢。」

「可以嗎？」說著他把手邊的開關關掉。畫面瞬間消失。屋子裏一下變得靜悄悄的。窗外大樓的燈光開始輝煌地亮了起來。

大約有五分鐘左右，我們沒什麼像樣的話題，只繼續喝著威士忌。電話又響起一次，這次他裝成沒聽見。電話響完時，他好像想起來似的，再度打開電視機開關。一瞬間畫面又回來了，新聞解說員一面用棒子指著背後圖表上的折線一面繼續講著石油價格的變動。

「他根本沒發現我們關掉開關五分鐘之久啊。」

「那當然。」我說。

「爲什麼呢？」

要思考太麻煩了，於是我搖搖頭。

「開關切掉的瞬間，某一邊的存在就變成零。我們或他們，兩邊之一。」

「也有不同的想法噢。」我說。

「那當然，不同的想法可以有一百萬種。印度長椰子樹，委內瑞拉把政治犯從直升機上空投下去。」

「嗯。」

「人家的事情我不想多嘴。」他說。「不過世上也有不舉行葬禮的死。有聞不到味道的死。」

我默默點著頭。然後用手指摸弄著聖誕紅的綠葉。「聖誕節快到了啊。」

「其實還有香檳。」他以認眞的表情說。「從法國帶回來的上品，喝不喝？」

「是爲哪個女孩子備用的吧？」

他把冰涼的香檳瓶和兩個新玻璃杯放在桌上。

「你不知道嗎？」他說。「香檳是沒有用途可言的。只有應該拔栓的時候而已。」

「原來如此。」

我們拔了栓。

然後開始談起巴黎動物園和那裏面的動物們。

♤

那年年底有一個小party。包下六本木附近一家餐廳，舉辦每年一度從除夕夜到新年的party。請了一團還不錯的鋼琴三重奏樂團，有美味的食物和美味的酒，幾乎沒什麼熟人，所以只要呆坐在角落裏就行了，是這樣一個輕鬆的聚會。

當然也會被介紹給幾個人。啊，請指教，噢，是啊，眞是這樣，嗯，差不多都這樣吧，希望能順利就好了，等等……。我咧嘴微笑適時打住，拿起一杯冰水威士忌回到角落的座位，繼續再想有關南美大陸諸國和他們的首都。

然而那天人家爲我介紹過的女性，卻拿著兩杯冰水威士忌跟到我的座位前來。

「是我請他們介紹你的。」她說。

她雖然並不美得引人注目，卻是個感覺好得不得了的女子。而且巧妙地穿著適度昂貴的藍色絲質洋裝。年齡大約32歲左右。如果想顯得更年輕的話看來似乎輕而易舉，但她似乎認爲沒這個必要的樣子。雙手一共戴了三個戒指，嘴角露出夏日黃昏般的微笑。

因爲話說不太出口，於是我和她一樣地微笑著。

「你長得跟我認識的人一模一樣。」

「哦。」我說。和我學生時代常用來追女孩子的開場白一式一樣，但她看來不像是會用一般常見手法的那種類型。

「從長相、身材、氣氛，到說話方式，簡直像得令人吃驚的程度。從你一到這裏以後我就一直在觀察你喲。」

「如果有那麼像的人的話，我倒想見一次看看。」我說。這也是以前在什麼地方曾經聽過的老套。

「眞的？」

「嗯。雖然也覺得有一點可怕。」

她的微笑一瞬間加深，然後又再恢復原來的樣子。「不過不可能了。」她說。「因爲他已經在五年前死了。正好像你現在這個年紀。」

「哦。」我說。

「是我殺的。」

鋼琴三重奏的第二輪表演似乎已經結束，周圍響起啪啦啪啦不太起勁的掌聲。

「你們好像談得很投入的樣子噢。」party 的女主人走到我們身邊來這麼說。

「是啊。」我說。

「那太好了。」她很親切地繼續招呼。

「聽說如果想點什麼曲子，他們可以爲我們演奏，怎麼樣要不要點曲子？」女主人問。

「不，不用了，光在這裏這樣聽著就已經很快樂了。你呢？」

「我也一樣。」

女主人嫣然一笑轉到別桌去了。

「喜歡音樂嗎？」她問我。

「如果在美好世界聽美好音樂的話。」我說。

「美好世界才沒有美好音樂呢。」她說。「美好世界的空氣是不會震動的。」

「有道理。」

「你看過華倫比堤在夜總會彈鋼琴的那部電影嗎？」

「不，沒看過。」

「依麗莎白泰勒是夜總會的客人，眞是非常貧窮而且悽慘的角色。」

「哦。」

「於是華倫比提問依麗莎白泰勒要不要點什麼曲子。」

「然後呢。」我問。「她有沒有點什麼曲子?」

「我忘了。因爲是好老的片子了。」她一面讓戒指閃著光,一面喝冰水威士忌。「不過我討厭點曲子噢。總覺得心情會變得很悽慘。好像從圖書館借來的書一樣,才剛開始立刻就要想結束的事了。」

她含起香菸。我用火柴爲她點火。

「對了。」她說。「剛才提到跟你長得很像的人的事噢。」

「妳是怎麼殺他的?」

「把他丟進蜜蜂巢箱子裏呀。」

「騙人的吧?」

「騙你的。」她說。

我喝一口冰水威士忌代替嘆氣。

「當然不是法律上的殺人。」她說。「而且也不是道義上的殺人。」

「既不是法律上的殺人，也不是道義上的殺人。」雖然不是很想追問，不過倒想試著把到這裏爲止的要點整理出來。「但，妳還是殺了人？」

「對。」她說。很愉快似地點了頭。

「把很像你的人。」

樂隊開始演奏。曲名也是令人想不起來的老曲子。

「五秒鐘都沒花噢。」她說。「就殺掉了。」

沉默繼續了一會兒。她好像在充分享受那沉默似的。

「你有沒有思考過關於自由？」她問。

「常常啊。」我說。「爲什麼會問這種事情？」

「你會畫雛菊嗎？」

「大概吧……簡直像在做ＩＱ測驗嘛。」

「很接近噢。」說著她笑了。

「那麼我及格嗎？」

「嗯。」她回答。

「謝謝。」我說。

樂隊開始演奏〈螢之光(Auld Lang Syne)〉(驪歌)。

「十一點五十五分。」她瞄了一眼附在項鍊墜子前面的金錶，然後這樣說。「我最喜歡〈螢之光〉，你呢？」

「我比較喜歡〈山頂上我的家(Home On The Range)〉，會有馴鹿和野牛出現。」

她又再一次微笑起來。

「跟你談話很愉快。再見。」

「再見。」我也說。

♤

爲了節省空氣而把手提油燈吹熄，周遭被一片漆黑所籠罩。誰也沒有開口。只有每隔五秒從天花板滴落下來的水滴聲在黑暗中響起。

「大家盡可能不要呼吸。剩下的空氣已經不多了。」

年長的礦夫這樣說。聲音雖然輕輕的，但頭上的岩盤還是發出微細的碾扎聲。礦工們在黑暗中身體互相挨近著，側耳傾聽，等待任何聲音傳過來。鶴嘴鎬的聲音，生命的聲音。

他們已經繼續這樣等待好幾個小時了。黑暗一點一點地逐漸把現實溶解掉。一切的一切都覺得像是遠古時代發生在什麼遙遠世界的事似的。或者也覺得一切的一切在久遠的未來在某個遙遠世界也可能發生的事似的。

大家盡可能不要呼吸。剩下的空氣已經不多了。

外面當然大家還在繼續挖著洞穴。簡直像電影的一個場景一樣。

袋鼠通信

嗨，妳好嗎？

今天是假日，因此早上我就到附近的動物園去看了袋鼠回來。雖然不是多大的動物園，但從大猩猩到大象倒是一應俱全。不過，如果妳是美洲駝馬或食蟻獸迷的話，最好不要到這家動物園比較好。這裏既沒有美洲駝馬也沒有食蟻獸，沒有非洲羚羊和鬣狗，連豹都沒有。

代替這些的卻有四隻袋鼠。

一隻是小袋鼠，兩個月前才剛剛出生。然後有一隻雄的兩隻雌的。這到底是什麼樣的家庭組合，我實在搞不清楚。

每次看見袋鼠，都會覺得奇怪，到底生爲袋鼠會有什麼樣的心情呢？他們到底爲什麼要在澳洲那樣不起眼的地方，以那樣古怪的樣子到處跳呢？還有爲什麼要那樣簡單地就被所謂 boomerang 的粗糙彎曲棒子殺死呢？

不過算了，那都無所謂。不是什麼大問題。至少和事情的原意沒有關係。

總之我在看著袋鼠的時候，想起來要寫信給妳。

或許妳會覺得奇怪也不一定。爲什麼看袋鼠會想寫信給我。袋鼠和我之間到底有什麼關係呢？不過，請不要介意。袋鼠是袋鼠，妳是妳。袋鼠和妳之間，並沒有什麼特別會引人注意的明顯相互關係。

事情是這樣的。

袋鼠和寫信給妳之間有36個微妙的工程，在一一通過那些應有的順序之間，我就來到了給妳寫信的地方，只是這麼回事而已。這工程就算一一說明相信妳也不太能了解，而且主要的是我也不太記得了。因爲有36個工程之多啊！

其中只要有一個順序亂了，我也許就不會這樣給妳寫信了。或許我會心血來潮跑到南冰洋跳上抹香鯨的背上騎也說不定呢。或者我會把附近的香菸攤放一把火燒掉也不一定。不過由於這36

個偶然的累積引導我到達這裏，我便像這樣給妳寫信了。

妳不覺得不可思議嗎？

那麼首先從自我介紹開始。

我二十六歲，在百貨公司的商品管理課上班。這是個——我想妳大概也可以很容易想像得出——無聊得可怕的工作。首先要檢查採購課所決定採購的商品有沒有問題。這雖然是爲了防止採購課和廠商勾結的作業，但並不如妳可能從這文脈所想像的那樣嚴肅。從前怎麼樣姑且不談，現在的百貨公司從指甲刀到汽艇，各式各樣的商品都經手，而這些商品每天又有很大的變化，這些東西如果要一一仔細做商品測試的話，一天就是有64小時，我們都有八隻手也應付不過來。公司方面和我們課裏都不要求到這樣的機能。所以總之，稍微拉拉看靴子的扣花，抓幾個小甜點試吃看看，這種程度適可而止就行了。這就是所謂的商品管理。

因此說起來，我們的工作重心是放在應對處理法——也就是接受抱怨，對那些抱怨一一檢查下去。我們一一做分析、調查原因、向廠商反映顧客的抱怨，或停止採購。例如，剛買的絲襪連續兩雙立刻就脫線，或上發條的玩具熊只不過從桌上掉下來就不能動，浴袍放進洗衣機裏竟然縮了¼，這一類的抱怨。

我想妳大概不知道，這些抱怨的數目實在是多得到了令人厭煩的程度。我所處理的只有對商品本身的抱怨，但是百貨公司眞的會有非常多的抱怨飛進來。我所屬的課裏有四個人，但我們可以說是從早到晚被別人的抱怨所窮追不捨。抱怨名副其實像飢餓的野獸一般追在我們後面。有些抱怨讓你覺得心服口服，但也有些是不講理的。而不管這兩者的任何一邊都有難以解決的事情。

我們爲了方便起見把這些分爲ＡＢＣ三個等級。屋子裏有三個ＡＢＣ的箱子，信就往那裏面放。我們把這作業稱爲「理性的三段評價」。不過這當然只是職業上的玩笑。請不要介意。

總之我說明一下這三個等級。

(A)讓你心服口服的抱怨，我方不得不負責的情況。我們會帶著糖果禮盒到顧客家訪問，交換該換的商品。

(B)道義上、商業習慣上、法律上我方雖然沒有責任，但爲了不損傷百貨公司的形象，避免無謂的爭執而採取適當的處理。

(C)很明顯是顧客的責任，我方說明事情原委之後即告退。

而前幾天妳所提出的抱怨，經過我們愼重檢討之後，得到的結論是妳的抱怨終究屬於應該被分類爲C級的性質。理由——可否請妳仔細聽聽。

①一旦買了的唱片，②尤其已經超過一星期之後，③何況沒有收據，是不能和其他商品交換的。**不管到全世界的任何地方都是不行的**。

我所說的妳明白嗎？

那麼，我的事情已經說明完畢。

妳的抱怨已經被推辭。

但如果離開職業性觀點的話——其實我經常擅離職守——我個人對妳的抱怨——對於妳把布拉姆斯的交響樂唱片買錯爲馬勒的交響樂唱片的抱怨——我由衷的同情。這不是說謊。所以我才會像這樣，不以一般事務性通知，而以在某種意義上含有親密性的通信方式寄給妳。

說眞的，這一星期以來，我好幾次好幾次想寫信給妳——「對不起，在商業習慣上我們不能讓妳換唱片，但妳寄來的信裏，有些東西打動了我的心，因此我個人怎麼怎麼怎麼……」這種信。不過沒辦法寫好。我絕對不是不擅長寫文章。說起來，由自己說雖然有點不好意思，不過我覺得我算是擅長寫的。在記憶中我不太有爲寫信而煩惱過。不過想給妳寫信時腦子裏卻浮不出正確的語句。每次浮上來的語句總不是我要的東西。即使字面上正確，但裏面的心情卻感覺不出來。我寫完之後放進信封，甚至郵票都貼好的信，我都撕掉好幾封。

就因爲這樣，我決定不給妳回信了。因爲與其寄出不完全的信還不如什麼都不寄比較好。妳不覺得嗎？我這樣覺得。不完美的信息，就像排字有錯誤的時刻表一樣。那種東西完全不存在還比較乾脆。

然而今天早晨，我站在袋鼠柵欄前面，經由36個偶然的累積之後，得到了一個啓示。也就是大哉不完美這件事。

什麼叫做大哉不完美呢？也許妳會這樣問——當然會問吧。所謂的大哉不完美，簡單說，也許是某個人結果原諒了某個人。我原諒了袋鼠，袋鼠原諒了妳，妳原諒了我——舉例來說是這樣。

不過這種循環當然並不是永恆的東西，有時候袋鼠也許不想原諒妳。不過請不要因此而生袋鼠的氣。因爲那不是袋鼠的錯，也不是妳的錯。或者也不是我的錯。袋鼠必然也有相當不簡單的情況吧。到底有誰能怪袋鼠呢？

抓住瞬間吧，我們能夠做的只有這個。抓住瞬間拍下紀念照片吧。前排左至右是妳、袋鼠和我，就像這樣的感覺。

寫文章這件事我已經放棄了。簡單的事務性通知式的文章也不行。我已經不相信文字本身了。例如我寫「偶然」這字。但從「偶然」這字體妳所感覺到的東西，和我從同樣的字體所感覺到的東西完全是兩樣不同的東西——或許是相反的東西——也不一定。這不是非常不公平嗎？我想。我連褲子都脫了，而妳襯衫的扣子才打開三個而已，這怎麼想都不公平，對嗎？我不喜歡不公平的事。當然世界這東西本來就是不公平的。但至少，我不想由我這邊來積極加重它。這是我的基本態度。

因此我決定把要給妳的信息，錄進錄音帶裏。

（口哨——「桂河大橋進行曲」八小節）

怎麼樣，聽得見嗎？

寄這封信——也就是錄音帶——任何人想起來都會是一件極其異端的事態，由於想法的不同，也可以說眞的是很傻的事。而且如果帶給妳不愉快的感覺，或者激怒了妳，而把這卷錄音帶寄回來給我的上司的話，那麼我在公司裏面將處於極端微妙的立場。

如果妳想這樣做的話，就請這樣做吧。我不會因此而生氣或怨恨妳。

這樣好嗎？我們的立場是百分之百對等的。也就是說我有權利給妳寄這封信，而妳也有權利威脅我的生活。對嗎？怎麼樣，公平吧？對，我願意負應負的責任。我並不是開什麼玩笑或搗蛋而這樣做的。

對了，我忘記說了。我爲這封信命名爲「袋鼠通信」。

因爲，任何東西都必須要有個名字。

假如妳有寫日記的話，與其寫「今天收到百貨公司商品管理員對抱怨的回信（錄成錄音帶）」這樣冗長不如寫成「今天收到『袋鼠通信』」就完了。怎麼樣，又簡單又好吧？而且妳不覺得「袋鼠通信」這名字很棒嗎？好像從寬闊的草原那邊，袋鼠的肚袋裏塞著郵件蹦蹦地跳著過來，對嗎？

咯、咯、咯。（敲桌子的聲音）

這是敲門。叩、叩、叩……明白嗎？我正在敲妳府上的門。

如果妳不想開門的話，不開也沒關係。我沒說謊。對我來說開不開真的都無所謂。如果不想再聽下去就把帶子停掉，丟進垃圾筒好了。我只要在妳家玄關前面坐一會兒一個人說一下話，這樣而已。妳是不是在聽我說，我完全不知道，如果不知道的話，實際上妳是不是在聽不是都無所謂嗎？哈哈哈。這也是事態公平的佐證。我有說的權力。妳有不聽的權利。

沒關係，總之我就做下去。敲完門，也確認過妳沒有應答的義務。

不過所謂不完美也是相當麻煩的東西。既沒有稿紙也沒有計畫而對著麥克風說話，沒想到會是這麼辛苦的事。簡直就像站在沙漠中央，用杯子灑水一樣的感覺。什麼都看不見，什麼都沒有反應。

所以我現在，一直對著VU儀表針說話。妳知道什麼是VU儀表針吧。就是那個會配合音量一抖一抖地震動的針。V和U是什麼字的開頭字母，我也不知道。不過不管怎麼說，他們是對我的演說表示反應的唯一存在。

V和U眞是嚴格的二人組。不是V就是U，不是U就是V，如此而已。眞是美妙的世界。不管我想什麼，說什麼，對他們來說都無所謂。他們感興趣的，只有我的聲音震動空氣的強度，這點而已。對他們來說由於空氣震動所以我才存在。

妳不覺得很奇妙嗎？

看著他們時，逐漸覺得不管說什麼都好，反正繼續說下去吧。什麼都行。不管是不完美也好，什麼也好，這些事他們完全不在意。他們所求的是空氣的震動。不是意義。單純的空氣震動。那是他們的糧食。

呼。

說起來，上次我看了一部非常可憐的電影。是關於一個不管說多少笑話，都沒有人笑的喜劇演員的故事。妳知道嗎，沒有任何一個人笑噢。

現在這樣對著麥克風說話，不知不覺就想起那部電影來。

眞是不可思議。

同樣的對白，有人說起來就是好笑得要命，別人說起來就一點也不好笑。妳不覺得很不可思議嗎？所以我想了一下，覺得那個差別好像是與生俱來的。也就是說，像三半規管的尖端比別人稍微彎曲了一點的那種感覺。我常常想如果我有那個能力的話那該多幸福啊。我經常會想起一些奇怪的事情一個人笑得腰都直不起來，但是一旦想開口說給別人聽時，卻一絲一毫都不好笑。心情變得像埃及的沙男一樣，而且最重要的是……

妳知道埃及的沙男嗎？

嗯，也就是說，埃及的沙男生來是埃及的王子。從前從前，在金字塔啦，人面獅身像啦什麼的時代。不過他長得非常醜——眞的醜得可怕——所以被國王遺棄在叢林深處。那麼，結果怎麼樣呢？結果被狼或猴子什麼的養活下來。這是經常有的事。而且不知道爲什麼變成了沙男。沙男這個人哪，凡是手碰到的東西都會變成沙。微風變成沙塵，流水變成流沙，草原變成沙漠。這是沙男的故事。妳聽過嗎？沒有吧？因爲，這是我自己隨便編的故事。哈哈哈。

總之，我像這樣對妳說著話時，覺得好像變成沙男了似的，被我的手碰到過的東西全部都變成沙、沙、沙、沙、沙……

我好像談太多自己了。不過想想這也是沒辦法的事。因爲我對妳幾乎一無所知。我知道關於妳的事，說起來只有地址和姓名而已。年齡多少，年收入多少，鼻子長成什麼樣子，是胖是瘦，結婚了沒有，我完全不知道。不過這些並不是怎麼重要的問題。這樣反而比較好。我希望盡量單純，越單純越好，換句話說形而上地處理事情。

也就是說，這裏有妳的信。

我這樣就足夠了。

我舉個很過分的例子請妳包涵，就像動物學家根據在叢林採集到的糞便去推測象的飲食生活、行動樣式、體重、性生活一樣，我根據一封信可以確實感覺到妳這個人的存在。當然是把容貌、香水的種類之類無聊的東西除外。只是存在——本身。

妳的信眞是很有魅力。從文章、筆跡、句逗點、換行、修辭，一切的一切都很完美。並不是說優越。那純粹就是完美。沒有辦法改變。雖然我每個月要讀超過五百封關於抱怨的信和報告書，但說眞的從來沒有讀過像妳的抱怨信這樣感動人的。我悄悄把妳的信帶回家，試著重讀了一遍又一遍。而且徹底分析妳的信。因爲是很短的信，所以並不費事。由於分析，而知道了很多事實。首先是逗號數目非常多，和句號比起來，逗號是它的6・36倍。怎麼樣？妳不覺得多嗎？不，不只是這樣。那逗號的打法眞是沒有原則。

嗨，請不要因爲我這樣說，而以爲我在取笑妳的文章。我只是單純地感動而已。

對，就是感動。

不光只是句逗號而已。妳的信所有的部分——連墨水的污漬——都在挑撥我，動搖我。

爲什麼呢？

終究，因爲在那文章裏面沒有妳。當然故事是有的。一個女孩子——或女性——買錯了唱片。那張唱片似乎灌的是不同的曲子，但當她發現唱片本身是錯的時候，已經正好過了一星期了。賣場的女孩子不讓她換。因此寫了抱怨信。這是故事。

我在理解那故事之前，不得不重讀了妳的信三次。因爲妳的信，和其他任何寄來我們這裏的抱怨信完全不同。抱怨信有所謂抱怨信的寫法。那可能是盛氣凌人，或者低聲下氣，或者理直氣壯。但不管那調子是怎麼樣的，都可以感覺到有人在那裏提出抱怨的所謂人的存在的核。有了那個核，以那核爲軸才形成各式各樣的抱怨。不是我說謊。我讀過所有各種的抱怨信。說起來可以稱爲抱怨的權威了。但是妳的抱怨，在我的眼裏看來甚至稱不上是抱怨。因爲，提出抱怨的妳本身，和妳所提出的抱怨之間，幾乎看不出任何關聯。說起來就像沒有連接血管的心臟一樣。沒有鐵鏈的自行車一樣。

說眞的，我有一點煩惱。因爲妳寫信的目的到底是抱怨呢，是告白呢，是宣言呢，還是某種命題的確立呢，我簡直完全弄不清楚。妳的信讓我聯想起大屠殺的現場照片。沒有評語、沒有記載，只有照片而已。在某個陌生國度的陌生路邊滾了一地的屍體照片。

妳到底在要求什麼？我連這個都不清楚。妳的信就像拼拼湊湊堆起來的螞蟻窩似的紛亂複雜，因此沒有給人一點頭緒可尋。眞了不起。

砰砰砰砰……大屠殺。

對了，我們試著讓事情單純化一些吧。極其極其單純。

也就是說，妳的信讓我的性方面高揚起來。

就是這樣。性方面。

我想談談關於性。

叩、叩、叩。

敲門聲。

如果沒有興趣請停掉錄音帶。我會沉默十秒鐘。然後對VU儀表針獨自說話。所以如果不想聽的話，在那十秒之間妳可以停掉錄音帶，把帶子丟掉，或寄到百貨公司。好嗎？現在開始沉默。

（沉默十秒鐘）

開始。

前肢短有五指，但後肢顯著地長大並有四指，只有第四指發達得很強大，第二指和第三指極小而互相結合起來。

……這是關於袋鼠腳的描寫。哈哈哈。

那麼關於性。

我自從把妳的信帶回家以後，一直在想和妳睡覺。一上床，旁邊就有妳，早晨醒過來旁邊還是有妳。我睜開眼睛時，妳已經起床了，聽得見在拉洋裝拉鏈的聲音。但是我——妳知道嗎？如果能讓身爲商品管理課的人說一句話的話，沒有比洋裝拉鏈更容易損壞的東西了——一直閉著眼睛假裝睡覺。我沒有辦法看妳。而妳則穿過房間消失到浴室裏去。接著我才終於張開眼睛。然後吃過飯，到公司去上班。

夜裏黑漆漆的——我特地把窗戶裝上百葉窗讓屋裏變成黑漆漆的——當然看不見妳的臉。也不知道年齡、體重、任何一切。因此也不能用手觸摸妳的身體。

不過總之，沒關係。

說眞的，我跟不跟妳做愛都無所謂。

……不，不是這樣。

讓我想一下。

OK，是這樣的，我想跟妳睡覺，不過不睡也行。也就是像剛才說過的那樣，我希望盡可能站在公平的立場。我不願意勉強別人，也不願意別人勉強我。只要能夠感覺我的身旁有妳存在，或有妳的句逗號在我旁邊團團轉著，這樣對我就很夠了。

妳能夠了解嗎？

換句話說是這樣。

我常常，想到個人時——個體的個——就覺得很難過。開始想時就覺得身體快要支離破碎了。

……例如搭電車時。電車上有好幾十個人。從原則上來思考時，這只不過是「乘客」而已。從青山一丁目運到赤坂見附的「乘客」。但是，我往往會對那些乘客每一個人的存在非常在意起來。這個人到底是什麼人？那個人到底是什麼人？爲什麼會搭銀座線呢？於是就不行了。一開始在意起來就沒完沒了。那個上班族額頭兩邊將逐漸變禿吧，那個女孩子脛毛有點太濃了，是不是一星期刮一次呢？爲什麼對面坐著的年輕男子繫著顏色那樣不搭配的領帶呢？就像這樣。於是最後身體會漸漸顫抖起來，想從電車上跳下去。上一次——妳一定會笑我吧——差一點按下門邊的緊急停止按鈕呢。

不過請不要因爲我說了這些話，就把我想成是個多愁善感的人或神經質的人。我只是個非常普通的，到處都有的平凡上班族。在百貨公司商品管理課上班，負責處理顧客的抱怨信函。

性方面也沒問題。因爲沒有當過自己以外的人，所以無法淸楚斷言，但我想這點我應該算是再正常不過的了。我有一個像是女朋友的女孩子，從一年前開始每星期和她睡兩次覺，她和我對這種關係都很滿足。只是我對她盡量努力不深入多想。也沒有打算結婚。如果結婚的話我一定會對她這個人的細部開始深入考慮吧，到那時候我實在沒有自信能夠和她順利相處下去。不是嗎？一面注意著一起生活的女孩子的牙齒排列或指甲形狀之類的，如何能夠順利相處下去呢？

再讓我多談一下自己。

這次不敲門了。

如果妳聽到這裏的話，請順便聽到最後。

請等一下。我抽一下菸。

（咔噠咔噠咔噠）

……我到目前爲止幾乎沒有談過自己。因爲，也沒有什麼値得談的。假定談過的話，相信誰也沒興趣聽吧。

那麼爲什麼會對妳像這樣子談呢？

就像剛才說過的那樣，現在我目標正指向大哉不完美呀。

觸發那大哉不完美的東西是什麼呢？

是妳的信和四隻袋鼠。

袋鼠。

袋鼠是非常有魅力的動物，看幾個鐘頭都不會厭倦。袋鼠到底在想什麼呢？這些傢伙一整天毫無意義地在柵欄裏跳來跳去，偶爾往地上挖挖洞。如果要問那麼牠們挖洞做什麼呢？什麼也不做。只是挖洞而已。哈哈哈。

袋鼠一次只能生一個小孩。所以雌袋鼠生了一個小孩之後立刻又懷孕。要不這樣的話無法保持袋鼠整體的數目。也就是說雌袋鼠幾乎一輩子都耗在懷孕和育兒上。不是懷孕就是育兒，不是育兒就是懷孕。所以袋鼠可以說是爲了讓袋鼠存續而存在的。沒有袋鼠的存在就沒有袋鼠的存續，沒有袋鼠的存續這目的的話，袋鼠本身也就不存在了。

眞奇怪噢。

話又顚三倒四了，抱歉。

來談我自己吧。

說眞的，我對於是我自己這件事覺得非常不滿。不是對容貌或才能或地位之類的。而是對單純的我是我自己的這件事。我覺得非常不公平。

不過請不要因此而以爲我是個不滿很多的人。我對工作環境、月薪之類的從來沒有發過一次怨言。雖然工作確實無聊，但大多的工作都是無聊的。錢也不是什麼大問題。

我明白地說吧。

我希望能夠同時在兩個地方。這是我唯一的希望。除此之外什麼都不指望。

然而所謂我是我自己的這個體性，卻妨礙了我的這種希望。妳不覺得這是個非常不愉快的事實嗎？我想我這個希望說起來應該算是很微不足道的。既不是想當世界的統治者，也不是想當天才藝術家，更不是想飛上天空。只是想要同時存在於兩個地方而已。可以嗎？既不是三個，也不是四個，只是兩個而已。我想一面在音樂會聽音樂，又想一面去溜冰。我一方面是個百貨公司管理員，一方面也想當麥當勞四分之一磅的漢堡。我一面想和女朋友睡覺，一面又想跟妳睡覺。我一面是個體，一面也想是原則。

再讓我抽一根菸。

呼。

有點累了。

像這樣——坦白地談自己——我還不習慣。

有一點我想確認一下，我並不是對妳這樣一個女性擁有性的欲望。就像剛才說過的那樣，我對我只能是我自己這個事實覺得非常生氣。是一個個體這件事，眞是不愉快得可怕。我對於奇數無法忍受。所以並不想和是個人的妳睡覺。

如果妳能夠分割成兩個，我也分割成兩個，然後那四個人能共有一張床的話不知道該有多棒噢。妳不覺得嗎？

請不要寄回信。如果想寫信給我的話，請以對公司抱怨的形式寫信。如果沒什麼可抱怨的，就請想個什麼出來吧。

那麼就說到這裏爲止。

到這裏爲止的錄音帶，我剛剛試著倒帶聽了一下。說眞的，我非常不滿意。覺得心情就像做了錯事使海驢死掉的水族館飼育員似的。所以要不要把這帶子寄給妳，以我來說也相當煩惱。

即使在決定寄的現在，我還是很煩惱。

不過不管怎麼樣，我是打定主意要求不完美的。所以安心地隨它去吧。妳和四隻袋鼠會支持那不完美的。

再見。

下午最後一片草坪

割草是在我十八、十九歲左右的事，因此離現在已經有十四或十五年，相當久了。有時候覺得，十四、五年前並不算多久。那是吉姆莫瑞森唱「Light My Fire」、保羅麥卡尼唱「Long And Winding Road」的時代。──也可能是一前一後，總之是那種時代──可是說有那麼久了，對我而言卻不太有眞實感。我甚至覺得比起那時代來，我自己並沒有什麼太大的改變。

不，不對。我一定變了很多。如果不這麼想的話，就會有太多事情無法解釋。

OK，我變了。而且十四、五年算是相當久以前的事了。

在我家附近──我不久以前剛搬過來──有一所公立中學，每次我去買東西或散步，都會經過那所學校前面。而且一面走，就一面漫不經心地望著中學生做體操、畫圖，或互相開玩笑。並不因爲喜歡而看，而是沒有其他什麼可看。雖然看看右邊整排的櫻花樹也不錯，不過比起來，還是看中學生好。

總之，就這樣每天望著中學生，有一天忽然想道「他們正好十四、五歲啊」這對我眞是一件不小的發現，也讓我著實吃了一驚。十四、五年前，他們還沒生下來，就算生下來了，也只不過是一團幾乎沒什麼意識的粉紅色肉塊而已。而現在，卻已經穿起胸罩、會自慰、會寄一些無聊明信片到電台點唱，會在體育用品倉庫的角落抽香菸，會在人家牆壁上用紅色噴漆寫「雞巴」，會讀《戰爭與和平》——或許——

哎，總算過去了。

我眞覺得鬆了一口氣。

十四、五年前，算起來不正是我幫人家割草的時期嗎？

♤

記憶這東西就像小說一樣，或許可以說，小說就像記憶一樣。自從我開始寫小說以來，就深切體會到那種眞實感。所謂記憶如小說，或者反過來也相同。無論你如何努力，想整理出清晰的頭緒，文脈卻一會兒向東，一會兒向西，最後連文脈都不見了。就好像把幾隻軟綿綿的小貓堆積起來一樣，雖然有一點溫暖，卻不安定。如果這種東西也能成爲商品的話——眞是商品喏——常常令我覺得非常羞恥。眞的確實臉紅過。我一臉紅，全世界也臉紅起來。

但是如果把人類的存在，當做是基於比較純粹的動機，所產生的相當愚昧的行爲來掌握的話，什麼是對，什麼是錯，已經不是多嚴重的問題了。而且從這裏產生了記憶、產生了小說。就像一部誰也阻止不了的永久機器一樣。一面發出咔嗤的聲音，一面在全世界到處走動，並且在地表畫出一條沒有盡頭的長線。

如果順利就好了，他說。可是沒有理由順利呀，連順利的先例都沒有。

可是如果這樣的話，到底該怎麼辦才好呢？

就因爲這樣，我還是繼續集合小貓把牠們堆積起來。小貓們都累趴趴的，非常柔軟。等小貓們一覺醒來，發現自己正像營火晚會上堆積起來的薪柴一樣時，不知作何感想？咦，好奇怪呀！或許會這麼想。如果這樣的話——這種程度的話——或許我還多少可以得救。

就是這樣。

♤

我割草是十八、九歲左右的事，因此已經相當久以前了。那時候我有一個同年的女朋友，不過她因為有一點事情，一直住在很遠的地方。我們能見面的時間，一年裏全部加起來也不過兩星期左右。在那期間我們做愛、看電影、吃奢侈的飯，漫無頭緒地聊個沒完。而且最後一定是痛快地大吵一架，又再做愛。總而言之，把世上一般情人們所做的事拍成濃縮版的電影似的感覺。

我是不是眞的喜歡她？到現在我也不太清楚。想得起來，但是搞不清楚。居然也有這種事。我喜歡跟她一起吃飯，看她把衣服一件一件脫掉，喜歡進入她柔軟的陰道。做愛完了以後，也喜歡看她把臉靠在我胸部或說話、或睡覺。不過，如此而已。以後的事什麼也不知道。

除了和她見面的兩星期之外，我的人生簡直單調得可怕。偶爾到大學去聽聽課，總算也拿到跟大家一樣的學分。然後一個人去看電影、漫無目的地逛街、和要好的女孩子們不做愛只聊天約會。因爲不喜歡大家聚在一起胡鬧的場合。因此周圍的人都以爲我很安靜。一個人的時候都在聽搖滾樂。有時候覺得快樂，有時候又覺得不快樂。不過那時候，大家都是這樣。

有一個夏天的早晨，七月的開頭，收到一封女朋友的來信，寫說要跟我分手。「我一直很喜歡你，到現在都還喜歡你，以後也還……」等等。

總之說是要分手。因爲有了新的男朋友。我搖搖頭抽了六根菸，到外面去喝罐頭啤酒，回到房間再抽菸。然後把桌上放著的三根HB長鉛筆折斷。並不怎麼特別生氣，只是不知道要做什麼才好而已。然後換上衣服出去工作。這以後不久，周圍的人大家都說我「比以前開朗多了啊」。人生眞是莫名其妙。

那一年，我打工割草。割草公司在小田急線的經堂車站附近，業務相當繁忙。大部分的人蓋了房子就在庭院裏種草，或養狗。這好像是一種條件反射，也有人一次做兩件事，那也不錯。草綠得漂亮，狗長得可愛。可是半年以後，大家都有點開始厭倦了，草不得不除，狗也不能不帶去散步，漸漸不順心起來。

總而言之，我們就是專為這些人割草的。那前一年的夏天，我在大學的生活輔導組找到這份工作。除了我以外也有幾個人一起進去，不過大家都很快就辭掉不幹了，只有我還留下。工作雖然辛苦，報酬卻不壞。而且不太需要跟別人開口說話，很適合我。自從在那裏工作以來，我存了一筆小錢，本來是做為夏天和女朋友到什麼地方去旅行用的資金，可是現在既然已經跟她分手了，就怎麼用都無所謂了。我自從收到分離的信之後的一星期之間，一直為那筆錢的用途想東想西。老實說，除了錢的用途之外實在沒有別的可想。那眞是莫名其妙的一星期。我的陰莖看來就像是別人的陰莖一樣。有一個人──我所不認識的一個人──正悄悄咬著她小小的乳頭。那種心情實在怪透了。

錢的用途始終都沒想出來。也有人向我推銷中古車──速霸陸一、〇〇〇cc要不要買，東西不壞而且價錢也差不多，但不知道為什麼不太起勁。也想過要換一個新喇叭，不過對我那間狹小的木造公寓房間實在不提也罷。要是搬家的話倒可以，可是又沒有搬家的理由。而且如果一搬家，就沒有多餘的錢可以買喇叭了。

錢沒什麼用。只買了夏天的一件Polo運動衫和幾張唱片而已，其他就原原本本地剩在那裏。

另外還買了一個性能良好的 Sony 電晶體收音機，附有很大的喇叭，FM的聲音非常清晰。

那一星期過了以後，我發現一件事實，那就是，如果錢沒有用途，那麼賺那無用的錢也就毫無意義了。

有一天早晨我向割草公司的老闆說，我想辭職。因爲不久就要準備考試。而且接著又想去旅行，總不能說我不想再賺錢了。「哦！那眞可惜。」老闆（說起來倒更像是園藝師傅似的老伯）說。然後嘆一口氣在椅子上坐下，開始抽菸。臉朝著天花板，脖子咔啦咔啦地轉著。

「其實你眞的做得很好，工讀生裏面你資格最老，顧客對你的評語也最好。唉！你還這麼年輕就做得這麼好，眞難得啊。」

謝謝！我說。事實上我的風評極好，因爲我工作細心。一般工讀生都是用大型電動割草機推著割，剩下來的部分就馬虎了事。這樣時間也省，身體也不累。我的做法卻完全相反。機器我只大略用一下，而花很長時間在手工上，當然修出來的草坪就漂亮了。只是「收入」卻少，因爲是按件計算的，以庭院的大致面積決定價錢。而且因爲一直彎著腰工作，所以腰非常痛。這若不是親自實際做過的人是不會了解的，一直到習慣爲止，連上下樓梯都會覺得不方便呢。

我並不是爲了要博得好評才這樣仔細去做，或許沒有人相信，我只不過是單純喜歡割草而已。每天早晨磨快割草剪刀、把割草機堆在萊特班（light van 廂型小貨車）車上開往顧客家，割草。有各種庭院、有各種草坪、有各種太太。也有親切和氣的太太，也有愛理不理的太太。甚至還有不戴胸罩，只穿一件寬鬆T恤，趴到正在割草的我前面，連乳房都露出來的年輕太太。

總之我繼續割著草。大部分庭院的草都長得很長。簡直就像草叢一樣。草長得越長，割起來越值得。工作結束後，庭院的印象完全改觀，這種感覺非常美妙，簡直就像厚重的雲層忽然消失，陽光普照大地一樣。

只有一次——工作完畢以後——跟其中的一個太太睡過覺。三十一或二歲左右的人。她身材嬌小，乳房小而堅硬。遮雨窗板全部關上，電燈都熄掉，在黑漆漆的房間裏我們交合。她還穿著洋裝，只把內衣脫掉，騎到我上面來，胸部以下不讓我摸。她的身體竟然涼涼的，只有陰道是暖的。她幾乎都沒開口，我也默不作聲。洋裝的裙襬窸窸窣窣地發出聲音，時而變快時而變慢。中途電話鈴響了一次，鈴聲拚命響，然後停止。

後來，我也曾忽然想到，我跟女朋友會分開，也許是因爲那次的關係。並沒有什麼不得不這樣想的理由，只是有點這樣覺得而已，是因為電話鈴沒人接的關係。不過算了，那已經過去了。

「不過眞傷腦筋。」老闆說：「你現在如果一離開，預約就沒辦法趕完，現在是旺季呀。」

因為梅雨，草長得特別長。

「怎麼樣？再做一星期就好，只要有一星期，人手也會進來，而且勉強可以想點辦法，如果肯幫忙，我給你加發特別獎金。」

我說不用了，既然沒什麼預定要做的事，更重要的是工作本身並不討厭，不過這麼一來，我覺得眞奇怪！你不需要什麼錢的時候，錢卻偏偏進來了。

連續三天放晴，一天下雨，接著又三天晴朗。就這樣最後的一星期過去了。那是夏天，而且是令人著迷而像模像樣的夏天。天上飄著古老記憶似的白雲。陽光燒得皮膚火辣辣地痛。我背上的皮已經乾乾淨淨地脫掉三次，變得漆黑，連耳朵後面都漆黑。

工作的最後一天早晨，我穿上T恤、短褲、網球鞋，戴太陽眼鏡，坐上萊特班，開向我最後一個庭院。因為車上的收音機壞了，所以我從家裏帶了一個電晶體收音機，一面聽著搖滾樂，一面開車。感覺好像是Creedence或Grand Funk之類的。一切都繞著太陽旋轉。我零零碎碎地吹著口哨，不吹口哨時就抽菸，FEN電台的播音員以奇怪的腔調連續播報著越南的地名。

我最後一個工作場所是在讀賣園區附近。哎！眞是的，怎麼神奈川縣的人非要叫世田谷的割草服務不可呢？

不過我沒權利抱怨，因爲是我自己選擇的工作。早上到公司去，黑板上已經寫好當天所有的工作場所，每個人各自選擇自己喜歡去的地方。大部分人都會選擇近一點的地方，既可以節省來回的時間，又可以多消化幾個地方。我卻相反地專挑遠的工作，每次都是這樣，這點大家都覺得奇怪。前面已經說過，因爲我在工讀生裏面資格最老，有權利最先選擇我喜歡的工作。

並沒有什麼特別的理由，只是喜歡到遠一點的地方。喜歡到遠一點的庭院，去割遠一點的草。喜歡到遠一點的路上，去看遠一點的風景。不過像這樣說明，大概誰也不會了解吧？

我把車窗全部打開，離市中心越遠風變得越涼快，綠色變得更鮮明，野草的氣息和乾土的氣味越來越強烈，天空和雲之間畫成清晰的一條界線，眞是美妙的天氣。是和女孩子兩個人做夏日小旅行的絕佳好天氣。我想起涼快的海水，和灼熱的沙灘，還有冷氣舒適的小房間，漿得筆挺的藍色床單。如此而已，其他什麼也沒想。沙灘和藍色床單，交互浮現在腦子裏。

在加油站等油箱加滿的時候，也在想同樣的事。我在加油站旁邊的草地上躺下來，茫然望著服務員一下檢查汽油一下擦擦窗子。把耳朵貼近地面就可以聽見各種聲音，像遙遠的海浪的聲音也能聽見，不過那當然不是海浪聲，只不過是被地面吸進去的各種聲音，互相混雜起來而已。眼前的草葉上，小蟲在爬著，長著翅膀的綠色小蟲，小蟲走到葉子尖端以後，猶豫了一下又轉回原路去，看起來也並沒有什麼特別失望的樣子。

蟲子也會感覺熱嗎？

不曉得。

十分鐘左右加油加好了，服務員按了一下車子喇叭通知我。

♤

目的地那家在半山腰上，一片和緩而優雅的山丘，彎彎曲曲的道路兩邊，種著整排櫸樹。有一家院子裏有兩個小男孩，光著身子用水管互相噴水玩，往天空飛濺的水花形成五十公分左右的小小彩虹。有人開著窗在練習鋼琴，彈得非常好，幾乎讓你誤以爲是唱片在演奏。

我在門口停下萊特班，按了門鈴，沒回答，周圍靜得可怕，連個人影也沒有。就像西班牙語系的國家常有的午睡時間似的感覺。我再按了一次門鈴，然後靜靜等著。

這是一棟感覺不錯而小巧精緻的房子。乳白色灰泥造的，屋頂正中央突出一根四方形同色的煙囪。窗格子是灰色的，掛著白窗簾，一切都被太陽曬得很厲害，是一棟古老的房子，老舊得非常搭配，就像到避暑勝地，時常會看見的那種房子，只有半年有人住，半年變成空屋，那種氣氛。建築物的存在感裏散發著生活的氣息。

法國式砌磚圍牆只有腰部那麼高，那上面做成玫瑰花的綠籬，玫瑰花瓣已經落盡，綠葉盡情承受著耀眼的夏日艷陽，連草地都還看不見，不過院子相當大，一棵大樟樹在乳白色牆上灑落陰涼的影子。

按了第三次鈴以後，玄關的門終於慢慢打開，出現一個中年女人。塊頭大得可怕的女人，我個子雖然絕對不算小，不過她比我還高出三公分。肩膀也寬，看起來簡直像在生什麼氣似的。年齡恐怕有五十左右了，即使不算美，也還算端莊，不過就算端莊卻不是那種令人產生好感的類型。

濃眉方顎，說出去的話不太會收回來的那種略帶壓迫感的典型。

她睡眼惺忪不太耐煩地望著我，粗硬的頭髮裏混雜著少數幾根白髮，在頭上形成波浪。從茶色木棉洋裝的肩口，鬆弛地垂下兩根粗壯的手臂是雪白的。「幹什麼？」她說。

「我來割草。」我說。然後把太陽眼鏡摘下來。

「草？」她把頭歪到一邊。「你是說來割草啊？」

「對，因爲我們接到電話。」

「嗯，啊，對了！割草。今天是幾號？」

「十四號。」

她打著呵欠。「噢，是十四號啊。」然後又再打了一次呵欠。「你有沒有帶菸？」

我從口袋裏掏出短 Hope 菸拿給她，幫她用火柴點上火。她一副很舒服的樣子朝空中噴了一口煙。

「做看看吧！」她說：「需要多久？」

「妳說時間嗎？」

她把下顎往前一伸點點頭。

「看面積和程度而定，可以看一下嗎？」

「當然可以，不先看怎麼做呢？」

我跟在她後面繞到院子裏。庭院是扁平的長方形，大約有六十坪左右。長著紫陽花叢和一棵樟樹，其他就是草坪了。窗下放著兩個空空的鳥籠，院子整理得相當細心，草皮其實還很短，並沒有到必要割的程度，我有點感覺失望。

「看這樣子還可以保持兩星期，不必現在就割嘛。」

「這個由我來決定，對嗎？」

我看了她一下，確實正如她所說的。

「我希望再短一點，錢我會照付，沒問題吧？」

我點點頭。「四個鐘頭可以割完。」

「要這麼久嗎？」

「我想慢慢割。」我說。

「隨你高興好了。」她說。

我從萊特班車上把電動割草機和割草剪刀和耙子和垃圾袋和裝冰咖啡的保溫瓶和電晶體收音機全拿下來，搬到庭院裏。太陽漸漸往上空爬行，氣溫也漸漸上升。在我搬運這些道具的時候，她把玄關裏十雙左右的鞋子排整齊，並用碎布擦掉灰塵，鞋子全都是女人的，有小號的和特大號的兩種。

「我一面工作，一面開著音樂沒關係吧？」我問她看看。

她依然彎著腰抬頭看我。「沒關係呀。我也喜歡聽音樂。」

我先把掉在院子裏的小石頭清理掉，然後才開割草機。因爲有石頭混在裏面，會剉傷刀刃。割草機前面附有一個塑膠籠子，割下的草會跑進那裏面去，等籠子裏的草滿了，就取下來倒進垃圾袋。庭院有六十坪的話，雖然草短，還是能割下相當數量的草。太陽火辣辣地照著，我把汗濕的T恤脫掉，只剩一件短褲。簡直像隆重的 barbecue 烤肉野宴一樣的感覺。假如一直像這樣的話，不管喝多少也不會有一滴小便，因爲全部都化成汗了。

割草機開了一個鐘頭左右之後休息一下，坐在樟樹影子下喝冰咖啡。糖分滲透到身體的每個細胞，頭上蟬在不停地叫，把收音機打開，尋找適當的DJ音樂節目，轉到 Three Dog Night 的「Mama Told Me」的地方停下來，朝天躺下，透過太陽眼鏡望著樹枝和從空隙瀉下的陽光。

她走過來站在我旁邊。由下面往上看，她看起來跟那樟樹一樣，右手拿著一個玻璃杯，玻璃杯裏裝著冰威士忌，在夏日的光線裏閃閃搖晃。

「很熱吧？」她說。

「是啊。」我說。

「你中飯怎麼辦？」她說。

我看看手錶，十一點二十分。

「等十二點我會找個地方吃，附近有漢堡店。」

「不用特地出去了，我幫你做個三明治好了。」

「眞的不用。我每次都是出去吃的。」

她把威士忌杯子舉起來，一口喝掉大約一半，然後撇撇嘴呼地吐一口氣。「沒關係呀，反正順便嘛，我自己的也要做，一起吃吧。」

「那就謝了。」

「不客氣。」她說。然後慢慢搖擺著肩膀走回屋子裏去。

到十二點以前我用剪子剪。先把機器割過還不平的地方修整齊，並用耙子把草屑掃在一起，再開始割機器割不到的地方，眞是一件需要耐心的工作。要馬虎做也可以馬虎，想仔細做的話多仔細也都能做。但是並不一定細心做就能獲得好的評價，有時候人家以爲你在磨時間。雖然如此，我前面已經說過，我做得相當仔細，這是個性問題，其次或許是尊嚴問題吧。

不知道什麼地方響起十二點的報時鐘後，她把我領到廚房，拿出三明治來。廚房看起來不怎麼大卻很乾淨清爽。除了巨大的冰箱嗡嗡響之外，一切都非常靜，餐具和湯匙全是舊時代的東西。她請我喝啤酒，我說正在工作拒絕了，於是她拿出橘子水來代替，她自己則喝啤酒，桌上還擺有喝了一半的白馬牌酒瓶。水槽下躺著各式的空瓶子。

三明治滿好的，是火腿、生菜和小黃瓜做的，辣椒也辣得夠味爽口。我說：非常好吃。她說：

只會做三明治而已。她一片也沒吃，只嚼了兩塊酸黃瓜，此外就只喝啤酒。她其他什麼也沒說，我也沒話說。

十二點半我又回到草坪上。這是最後一個下午的草坪。

我一面聽FEN電台的搖滾音樂，一面仔細把草割齊，並用耙子掃了好幾次割下來的草，就像理髮師常常做的那樣，從各個角度檢查有沒有剪漏的地方。到一點半時已經完成三分之二。汗水好幾次都滴進眼睛裏去，每次這樣我就用庭院的水管洗一次臉。幾次陰莖勃起，又再下去。一面割草一面勃起實在有點愚蠢無聊。

兩點二十分工作完畢。我把收音機關掉，脫下鞋子赤腳在草上轉著圈子試試看，做得滿讓自己滿意的。既沒有沒割到的地方，也沒有不整齊的現象，光滑得像地毯一樣。

「我現在還非常喜歡你。」她在最後一封信上這樣說。「我覺得你是一個溫和又優秀的人，不過有時候，又覺得光是這樣好像還不夠似的。爲什麼會這樣想我也不清楚。而且我也覺得這樣說太絕了，也許什麼也解釋不清楚吧，十九歲實在是個令人討厭的年齡，也許過幾年，就能夠解釋得清楚吧，不過幾年後，大概已經不需要解釋了。」

我用自來水洗洗臉，把道具搬上萊特班，穿上新的T恤，然後打開玄關門，說明工作已經做完了。

「喝點啤酒吧。」她說。

「謝謝。」我說。喝點啤酒應該算不了什麼吧。

我們並排站在庭院前望著草坪。我喝啤酒，她用細長的玻璃杯喝不放檸檬的伏特加飲料，酒店常常附送的那種玻璃杯。蟬還在繼續叫著。她看起來一點也沒醉，只有呼吸稍微不自然。好像從牙縫裏嘶——地漏出來似的。

「你做得很好噢。」她說：「到現在爲止我找過很多割草的，不過做得像這樣仔細，你還是頭一個。」

「謝謝。」我說。

「我死去的丈夫對割草很嚕唆，每次都是自己細心地割，跟你割的方法很像。」

我拿出香菸來請她，兩個人一起抽菸。她的手比我的手還大，右手上的玻璃杯和左手上的短Hope菸都顯得非常小。手指是粗的，戒指也沒戴，指甲上明顯地有幾條直線。

「我先生每逢假日就光割草，其實並不是一個多怪的人。」

我試著稍微想像一下這個女人的先生，不過不怎麼想像得出，就像無法想像樟樹的夫妻一樣。

她又嘶地吐了一口氣。

「自從丈夫死了以後，」女人說：「一直都是叫業者來做，我怕太陽，女兒也討厭曬黑。不過就算不說曬太陽吧，年輕女孩子也沒有理由割草啊。」

我點點頭。

「不過我很喜歡你工作的樣子，草坪就是要這樣子割的。」

我再望了一次草坪。她打個嗝。

「下個月再來噢。」

「下個月不來了。」我說。

「爲什麼？」她說。

「今天是我工作的最後一天。」我說。「差不多該回去當學生了，不然學分會當掉的。」

她看了我的臉一下，然後看看腳，再回來看臉。

「你是學生嗎?」

「對。」我說。

「哪個學校?」

我把大學名字說出來。大學的名字並沒有給她什麼特別的感動,那是一個不像會令人感動的大學。她用食指抓抓耳朵後面。

「你不再做這工作了啊?」

「嗯,今年夏天不做了。」我說。今天夏天不再割草,明年夏天、後年夏天也都不幹了。

她像在嗽口似的把伏特加飲料含在嘴裏,然後一副很喜歡的樣子分兩次各喝一半。額頭上冒出許多汗,看起來像小蟲子貼在上面一樣。

「進裏面吧,」她說:「外頭太熱了。」

我看看手錶,兩點三十五分。不知道算快還是算慢,總之工作是已經全部做完了。從明天開始連一公分都不用割了,心情非常奇怪。

「你趕時間嗎?」她問。

我搖搖頭。

「那到裏面喝點冷飲吧，要不了多少時間，而且有一點東西想請你看一下。」

請我看東西？

不過我沒有猶豫的餘地，她已經拔腳走開，也不回頭看我，我沒辦法只好跟在她後面走。天氣熱得我頭有點迷糊。

屋子裏依然靜悄悄的，從夏天午後陽光的洪水裏突然進入室內，眼瞼深處扎扎地痛，屋子裏像用水溶化過似的飄浮著淡淡的陰影，好像從幾十年前就開始在這裏住定了似的陰影，並不怎麼特別暗，只是淡淡的暗。空氣是涼的，不是冷氣的涼，而是空氣在動的涼，風不知道從哪裏進來，又不知道從哪裏出去。

「在這邊。」她說著，往筆直的走廊叭達叭達地走過去。走廊裝有幾扇窗，但光線卻被鄰家的石牆和長得過高的櫸樹枝葉遮住了。走廊有各種氣味，每一種氣味都似曾相識，這是時間生出來的氣味。由時間所產生，而有一天也將由時間抹消的氣味。舊衣服、舊家具、舊書、舊生活的氣味。走廊盡頭是樓梯，她往後看看，確定我跟過來之後開始上樓梯，她每上一級，舊木板就發出咯吱咯吱的聲音。

上了樓終於有光線射進來。樓梯間的窗子沒有裝窗簾，夏天的太陽在地板上灑下一灘光池，二樓只有兩個房間，一間是儲藏室，另一間是正規的房間。淺淺的灰綠色門上，裝有磨沙玻璃窗。綠色的油漆有一些裂痕，黃銅的門鎖只有把手部分顏色變白。

她撇撇嘴，呼地喘了一口氣，然後把幾乎空了的伏特加飲料玻璃杯放在窗台上，從洋裝口袋掏出一串鑰匙，發出很大的聲音把門鎖打開。

「進來吧。」她說。我們進到房間裏，裏面黑漆漆的，空氣好悶，一股熱氣悶在裏面，從密閉的遮雨窗板的縫隙，透進幾絲銀紙般扁平的光線，什麼也看不見，只看見一閃一閃的灰塵浮在空中而已。她把窗簾拉開，打開玻璃窗，又再咯啦咯啦地拉開遮雨板。眩眼的陽光和涼快的南風刹那間溢滿整個房間。

房間是典型十幾歲 Teenager 少女的房間，臨窗放著書桌，相反的一邊是一張木製小床，床上鋪著沒一點縐紋的珊瑚藍色床單，放著同色的枕頭，腳下疊著一條毛毯。床旁邊是衣櫥和化妝台，化妝台上排著幾種化妝品，梳子、小剪刀、口紅和粉盒之類的東西。看起來並不像特別熱中於化妝的那一型。

書桌上有筆記和字典，法語字典和英語字典，好像用得很勤的樣子，而且不是胡亂翻，而是細心翻。筆盤上該有的筆類都一應俱全地齊頭排著。橡皮擦只有一邊是磨圓的。其他就是鬧鐘、枱燈和玻璃紙鎮，樣樣都是樸素的東西。木頭牆上掛著五張鳥的原色畫和只有數字的月曆。手指在桌面試著抹一下，結果沾了一層白灰，大約有一個月左右的灰塵，月曆也是六月份的。

整體看來，這房間對這種年齡的女孩子來說，算是清爽的。既沒有玩具布娃娃，也沒有熱門音樂歌星的照片。既沒有庸俗華麗的裝飾，也沒有碎花垃圾筒。定做的書架上擺著各種書。有文學全集、有詩集、有電影雜誌、有畫展的說明書。英文平裝書也排了好幾本。我試著想像這房間主人的樣子，但想不太出來，只能想到分手的女朋友的臉。

大塊頭中年女人坐在床上一直盯著我看，她順著我的視線追蹤，可是看起來卻像在想毫不相干的什麼事，只不過眼睛向著我這邊，其實什麼也沒看。我在書桌的椅子上坐下，望著她身後的灰泥牆壁，牆上什麼也沒掛，只是光禿禿的白牆。一直盯著牆壁看時，竟感覺牆壁的上方像要倒到眼前來似的，現在也還覺得馬上就要壓到她頭上了似的，不過當然沒那回事，只是光線的深淺造成的錯覺而已。

「要不要喝點什麼？」她說。我拒絕了。

「不必客氣呀，又不用特別準備。」

那麼跟這一樣的調淡一點好了，我說著指指她的伏特加飲料。

五分鐘之後，她拿著兩杯伏特加飲料和菸灰缸回來。我喝了一口自己的伏特加飲料，一點也不淡。我一面等冰溶化一面抽菸。她坐在床上，一小口一小口地喝著顯然比我的濃得多的伏特加飲料，偶爾咔啦咔啦地出聲咬著冰塊。

「我身體壯，」她說，「所以不會醉。」

我含糊地點著頭。我父親也這樣。不過沒有一個和酒精競爭的人贏過。只不過在自己的鼻子沉到水面以下之前，對很多事情都沒注意到而已。父親在我十六歲時死去。死得非常乾脆，乾脆得連是不是活過都不太記得的那種死法。

她一直沉默著，每搖一次玻璃杯就聽見冰塊的聲音。從開著的窗口時而吹進一陣涼風，風從南方越過另一座山丘吹來。是一個令人想就這樣睡著的那種安靜的夏日午後。遠處有電話鈴響著。

「你打開衣櫥看看嘛。」她說。我走到衣櫥前面，照她說的把衣櫥兩扇門打開。衣櫥裏滿滿地掛著衣服，一半是洋裝，另一半是裙、襯衫、外套之類，全部都是夏天的東西。也有舊的，也有幾乎沒穿過的。裙子大部分是迷你裙。品味和質地都不錯，雖然不是特別吸引人，不過感覺非常好。有了這麼多衣服，整個夏天約會都足夠換穿了。我看了一會兒服裝的行列之後把門關上。

「很棒！」我說。

「抽屜也拉開看看哪。」她說。我有點迷惑不解，不過還是乾脆把衣櫥上的抽屜一個一個拉開來看。在一個女孩子不在的房間裏，這樣翻箱倒櫃地亂翻——就算得到她母親的許可——總覺得不是一件正當的行爲。不過拂逆她也嫌麻煩，這種從早上十一點就開始喝酒的人，到底在想什麼，我也搞不清楚。最上面的大抽屜裏放著牛仔褲，運動衫和T恤。洗過，折得整整齊齊，沒一點縐紋。第二格放皮包、皮帶、手帕、手鐲，還有幾頂布帽子。第三格放有內衣和襪子，一切都那麼清潔而整齊。我忽然沒來由地悲傷起來，覺得心頭沉甸甸的。然後我把抽屜關上。

女人就那樣坐在床上望著窗外的風景。右手上的伏特加飲料杯子幾乎已經空了。

我回到椅子上點起一根新的香菸。窗外是一片和緩的斜坡，那斜坡盡頭，又有另一個山丘隆起。綠色的起伏連綿不斷地延伸出去，而那上面有許多住宅區像貼上去似的延續著。每一家都有庭院，每個庭院都有草坪。

「你覺得怎麼樣？」她眼睛還望著窗外說。「我是指『她』。」

「我又沒見過她怎麼會知道。」我說。

「只要看衣服，大致就可以了解一個女人了。」她說。

我想起女朋友，並試著去想她穿什麼衣服，簡直想不起來。我能夠想起來有關她的事，都只有模糊的印象。我快想起她的裙子的時候，襯衫就消失了，快要想起帽子的時候，她的臉又變成別的女孩的臉。雖然只不過是半年前的事，卻一點也想不起來了。結果，我對她到底知道多少呢？

「不知道。」我重複說一遍。

「只要感覺就好，不管什麼都可以，你只要告訴我一點點就行了。」

我爲了爭取時間，先喝了一口伏特加飲料，冰幾乎已經溶化了，伏特加飲料變成好像糖水似的，伏特加的強烈味道穿過喉頭、流到胃裏，化做一股朦朧的暖意。窗外吹進來的風把桌上的白色煙灰吹散。

「好像是一個感覺滿好而規規矩矩的女孩子吧。」我說。「不大會強迫別人，但是個性也不弱。成績屬於中上級，念的是女子大學或專科學校。朋友不是很多，不過感情很好……對不對？」

「繼續說啊！」

我把手上的玻璃杯轉了幾次之後放回桌上。

「其他就不曉得了，起碼我連現在說的對不對都沒有把握啊。」

「大部分都對呀。」她沒有表情地說：「大部分都對。」

「她」的存在似乎一點一滴地潛入房間裏來，「她」像一團模糊的白影子似的，沒有臉、沒有手和腳，什麼也沒有。在光之海所產生的些微扭曲裏，她就在那裏，我又喝了一大口伏特加飲料。

「她有男朋友。」我繼續說。「一個或兩個，不太清楚，感情到什麼程度也不清楚。不過這種事沒什麼重要。問題在……她對很多事情都不太容易適應。不管是自己的身體、自己所追求的東西，或別人所要求的東西……這一類的。」

「很對。」停了一下，女人說：「我了解你所說的。」

我搞不清楚。我知道我說的是什麼意思，可是我搞不清楚這能指誰或誰。我覺得非常累、而且睏。如果能就這樣睡著的話，或許很多事情就能搞清楚了吧。可是就算很多事情搞清楚了，卻不覺得有什麼輕鬆。

她從此不再開口，我也默不作聲。十分或十五分，就這樣過去。因爲手上一直空了很久，於是又把伏特加飲料喝掉一半。風稍微變強了一些，樟樹的圓葉子搖啊搖的。

「對不起耽誤你的時間。」過一會兒她說。「因爲你把草割得太漂亮了，我很高興。」

「謝謝。」我說。

「我要給你錢。」女人說著把白皙的大手插進洋裝口袋裏。「多少錢？」

「我會寄請款單來，妳只要匯到銀行就行了。」我說。

「哦？」女人說。

我們又走下同一個樓梯，回到同一個走廊，走出玄關。走廊和玄關跟剛才走過時一樣涼颼颼的，被包圍在黑暗裏。小時候的夏天，在淺淺的河水裏，赤腳往上游走，穿過大鐵橋下時，就曾有過同樣的感覺。黑漆漆的，水溫突然下降，而且砂地帶一點奇怪的黏滑感。我在玄關穿上網球鞋打開門時，眞是鬆了一口氣。陽光灑滿我周圍，風裏帶著綠的氣息。幾隻蜜蜂很睏似的發出翅膀飛撲的聲音，在綠籬上繞著飛來飛去。

「割得非常好噢。」女人望著庭院的草坪又再這樣說一次。

我也望望草坪，確實割得漂亮極了。

女人從口袋裏掏出許多東西——確實是許多東西。然後從裏面找出一張縐巴巴的一萬圓鈔票來。並不是多舊的鈔票，卻眞是縐巴巴的。十四、五年前的一萬圓說起來是滿不小的。我猶豫了一下，覺得好像不要拒絕比較好，便決定收下。

「謝謝。」我說。

她好像還有什麼話沒說完似的，好像不知道該怎麼說才好，就那樣望著右手上拿著的玻璃杯。玻璃杯是空的，然後又看看我。

「如果再開始做割草的工作，請打電話來，任何時候都可以。」

「好。」我說。「我會的。還有，謝謝妳的三明治和酒。」

她從喉嚨深處發出也不知道是「嗯」還是「噢」的聲音，然後一轉身背朝這邊，走向玄關。

我發動車子引擎，打開收音機開關。已經過了三點鐘了。

途中爲了提神，我開進 Drive-in 去，點了可口可樂和義大利麵。義大利麵難吃死了，只吃了一半就吃不下。不過反正肚子本來就不怎麼餓。臉色很難看的女服務生把餐具收下去後，我就坐在塑膠椅上迷迷糊糊地睡著了。店裏是空的，冷氣又涼快，因爲睡得很短，所以沒做夢。不過睡覺本身卻像是一場夢一樣。雖然如此，醒來時太陽已經微弱了幾分。我又喝了一杯可樂，並用剛才領到的一萬圓鈔票付了帳。

在停車場上了車，把鑰匙放在車前板上抽一根菸。各種細微的疲倦，一起湧上來。我終於發現，自己是非常疲倦了。我放棄開車，沉進椅子裏，又抽了一根菸。覺得一切好像都是在遙遠的世界所發生的事。正如從望遠鏡的相反一端往裏看一樣，鮮明得十分不自然。

「也許你想從我身上尋求許多東西。」女朋友寫道：「可是我卻一點也沒有感覺自己有什麼被需求。」

我所求的只是整齊地把草割好吧！我想。先用機器割，用耙子耙，再用剪子修整齊——如此而已。這個我會做，因爲我覺得應該這樣做。

「難道不對嗎？」我試著說出聲來。

沒有回答。

十分鐘後 Drive-in 的經理走到車子旁邊來，彎著腰問道你沒事吧？

「有一點頭暈目眩。」我說。

「因爲太熱了，要不要我給你拿一杯水來？」

「謝謝，不過眞的沒事。」

我把車子開出停車場，朝東方開。道路兩旁有各種人家，有各種庭院，有各種人的各種生活。我一面握著萊特班的方向盤，一面一直望著這些風景。背後的割草機發出咔噠咔噠的聲音搖晃著。

♤

從此以後，我再也沒割過一次草。如果有一天我能住進有草坪的房子，或許我又會再開始割。不過我想那是很久、很久以後的事。到那時候我一定還會非常仔細地去割吧。

泥土中她的小狗

窗外下著雨。雨已經連續下了三天。單調、無個性而耐心堅強的雨。

雨幾乎在我到達這裏的同時就開始下起來。第二天早晨醒來時雨還在下。夜晚要睡覺時雨也還在繼續下著。這樣反反覆覆的繼續了三天。雨一次都沒有停過。不，或許不是這樣也不一定。雨實際上或許曾經停過幾次也不一定。只是假定雨曾經停過，那也是在我睡覺時或眼睛轉開時的事。只要我眼睛看外面的時候，雨總是不休止地繼續下著。我一醒過來時，雨也總是在下著。

在某種情況下，所謂雨純粹是個人性的體驗。換句話說，意識以雨爲中心打轉的同時，雨也以意識爲中心打轉——雖然這是很模糊的說法——但卻有這種情形。這樣的時候，我的頭腦就會非常混亂。因爲我會變得搞不清楚現在我所眺望的雨是哪一邊的雨。不過這種說法太過於個人了。

畢竟，雨只不過是雨而已。

第四天早晨，我刮過鬍子，梳過頭髮，搭電梯上到四樓的餐廳。由於夜裏一個人喝威士忌直到深夜，因此胃裏覺得沙沙的，實在不想吃什麼早餐，雖然如此卻也想不到什麼別的事可做。我坐在靠窗的座位，把早餐菜單由上到下看了五遍左右之後，放棄地點了咖啡和不加味的單純煎蛋捲（omelet）。然後在早餐送來之前，一面望著雨一面抽一根菸。菸草沒味道。大概是喝太多威士忌的關係。

六月的星期五早晨，餐廳空蕩蕩的沒有人氣。不，何只是沒有人氣。有二十四張餐桌和演奏型鋼琴，有像私家游泳池那麼大的油畫，而客人只有我一個人。加上點的餐只有咖啡和煎蛋捲。穿著白制服的兩個服務生沒什麼事可做地呆呆望著雨。

我把沒味道的煎蛋捲吃完之後，一面啜著咖啡一面看早報。報紙總共有二十四頁，但卻沒看到一篇會令人想要仔細去讀的報導。試著從第二十四頁倒回來往前面的頁次翻翻看，但結果還是一樣。我把報紙折好放在餐桌上，喝咖啡。

從窗戶看得見海。平常可以看見海岸線外數百公尺前方有個綠色小島，今天早晨卻連那輪廓都找不到。雨將灰色天空和陰暗的海之間的界線完全抹消。雨中一切的一切都朦朧地糊成一片。不過一切的一切都顯得朦朧得糊成一片或許是因爲我失去眼鏡的關係。我閉上眼睛，手從眼瞼上壓壓眼球。右側的眼睛非常倦怠。過一會兒之後睜開眼睛時，雨還在繼續下著。而綠色的島則被雨推到後面隱藏了起來。

當我從咖啡壺往杯子裏倒第二杯咖啡時，有一個年輕女孩子，走進餐廳裏來。白色襯衫的肩上披了一件藍色的薄毛衣，穿著長及膝蓋的清爽深藍色裙子。她一移步就發出喀吱喀吱舒服的聲音。上等高跟鞋敲在上等木質地板的聲音。由於她的出現，飯店餐廳才終於有了飯店餐廳的樣子。服務生們也好像才顯得稍微鬆了一口氣似的。我也有同樣的感覺。

她在入口站定，張望了餐廳一圈。然後瞬間困惑一下。那是當然的。雖說是休閒飯店雨天的星期五，早餐席間居然只有一位客人，再怎麼說也未免太寂寞了。較年長的服務生刻不容緩地引她到窗邊的座位去。和我相隔兩張桌子的鄰席。

她坐下後簡單地看看菜單，點了葡萄柚汁、捲麵包、培根蛋和咖啡。選擇這些大概花不了十五秒鐘。培根請煎透一點，她說。一副很習慣使喚人的說法。確實就有這種使喚法。

她點完之後，便在桌上托著腮，和我一樣地看雨。我和她因爲是面對面坐的，所以我可以穿過咖啡壺的把手有意無意地觀察她。雖然她在看著雨，不過她是不是眞的在看著雨呢。這我就不太能確定了。她看來像是在看著雨的那一側或這一側。因爲我三天之間都一直在看著雨，所以對看雨的方式已經相當清楚了。至少還可以區別出是眞的在看雨或不是的人。

她以早晨來說髮型算是梳理得相當整齊。長而柔軟，從耳際稍微形成少許波浪。並不時用手指撩一下從額頭正中央分開的前髮。手指總是用右手的中指。而且每次那樣撩過之後，就會把手掌放在桌上盯著瞧一番。一定是她的習慣動作吧。中指和食指稍微分開地並排，無名指和小指則輕輕彎曲著。

算起來屬於瘦的。個子不是很高。雖然不是不美，不過嘴唇兩端以獨特的角度彎曲和眼皮有點厚——令人覺得她好像有某些強烈偏見似的——這可能就會形成個人偏好的分歧點吧。以我的偏好來說，對她並沒有什麼特別不好的感覺。服裝的品味很好，裝扮也很清爽。尤其最好的一點是，她完全令人感覺不到在下雨天星期五的休閒飯店餐廳一個人獨自用早餐時，年輕女孩子容易散發的那種獨特的氛圍。她只是非常平常地喝著咖啡，非常平常地在捲麵包上塗奶油，非常平常地把培根蛋送進嘴裏。雖然不覺得特別有趣，但好像也沒有覺得特別無聊的那種樣子。

我喝完第二杯咖啡後，便把餐巾折起來放在餐桌邊，叫服務生過來在帳單上簽了名。

「今天好像也會下一整天雨的樣子啊。」服務生說。他是在同情我。看住宿的客人一連三天都被雨所困的話，誰都會同情的。

「是啊。」我說。

當我把報紙夾在腋下，從椅子上站起來時，女人正把咖啡杯拿到嘴邊，眉頭紋絲不動地望著窗外的風景。簡直就像我這個人從頭到尾根本就沒存在過似的。

我每年都會到這家飯店來。我來住的時間大體都在住宿費比較便宜的淡季。夏季和年尾年頭之類旺季時的費用，對我的收入來說有點過於奢侈，而且也像地下鐵車站一樣擁擠。四月和十月則沒話說。費用便宜四成，空氣清澄，海岸也幾乎沒有人影，還有每天繼續吃都吃不膩的新鮮美味的牡蠣料理。兩道前菜、湯、兩道主菜，全是牡蠣。

當然除了空氣和牡蠣料理之外，還有幾個理由讓我喜歡這家飯店。首先是房間寬大。天花板高，窗戶大，床寬大，還有像撞球枱一般大的寫字書桌。一切的一切都那麼寬裕舒適。也就是說在長期住宿客人佔大半的和平時代，爲因應這些顧客的需求所建的老式休閒飯店。戰爭結束，有閒階級的觀念本身已經煙消霧散之後，只有飯店還依然不變地默默繼續生存著。門廳的大理石柱、舞場的彩色鑲嵌玻璃、餐廳的水晶燈、適度磨損的銀餐具、巨大的掛鐘、桃花心木的櫥櫃、要用把手推開關閉的窗子、浴室的馬賽克磁磚……我喜歡這些東西。再過幾年——或許要不了十年——這些東西想必全都會消失。建築物本身的壽命也將到達盡頭了。電梯已經喀噠喀噠地搖晃，冬天的餐廳簡直像在冰箱裏一樣冷。改建時期顯然已經逼近了。誰也無法阻止時間。我只能希望那改建時期能夠盡可能往後延。因爲我不認爲改建過的新飯店房間的天花板還能維持現在的四米二高度。首先到底還有誰會要求四米二高的天花板呢？

我有幾次帶女朋友來過這家飯店。幾個女朋友。我們在這裏吃牡蠣料理、到海邊散步、在四米二的天花板下做愛、在寬寬大大的床上睡覺。

我的人生本身是不是幸運另當別論，不過和這家飯店有關的範圍內，我是幸運的。在這家飯店屋頂下的範圍內，我們的關係——我和她們的關係——還算順利。工作也進行順利。好運道在我這邊。時間和緩而沒有沉澱地流過。

運道改變是在不久以前。不，運道改變或許是從更久以前開始的，只是我沒發現而已。但這就不得而知了。不過總之，運道改變了。這是可以確定的。

首先我和女朋友吵了架。其次開始下起雨來。最後連眼鏡的鏡片都破了。光這樣已經夠了。

兩星期前，我打電話給飯店，定了五天份的雙人房。打算前兩天把工作解決掉，剩下的三天和女朋友兩個人悠閒地度過。然後要出發旅行的三天前，正如前面說過的那樣，我和她吵了一場架。正如大多的吵架一樣，開端只不過是一點芝麻小事而已。

我們在某個地方的餐廳裏喝酒。是星期六晚上，餐廳裏人很擁擠。我們彼此都有點煩躁。我們進的電影院客滿，而且電影也沒有影評說的那麼有趣。空氣又極端惡劣。我這邊工作的聯絡還沒順利接上。她那邊則是生理期的第三天。很多事情重疊在一起。我們鄰桌坐著二十五歲前後的男女。兩個人都喝得非常醉了。女方突然想站起來時，卻把滿滿一整杯的Campari蘇打潑在我女朋友的白裙子上。因爲女的連一聲道歉都沒有，我正要抱怨時，她的男伴就出來爭吵起來。對方男的體格比我魁梧，不過我這邊則沒喝酒。五分對五分。店裏的客人望著我們。酒保走過來，說如果要吵架請先付完帳，再到外頭去吵。我們四個人付過帳出去外面。走出門外之後，大家卻不想再吵下去了。女的道過歉，男的掏出洗衣費和計程車費。我招了計程車，送女朋友回她住的公寓。

到家後她脫掉裙子，到浴室去洗。在那之間我從冰箱拿出啤酒，一面看電視的體育新聞一面喝。本來想喝威士忌，但沒有威士忌。我聽見她淋浴的聲音。桌上放著餅乾罐，於是我吃了幾片。走出浴室她說口渴了。我又打開一瓶啤酒，兩個人喝著。怎麼還一直穿著外套呢？她說。我把外套脫下，領帶解開，襪子脫掉。體育新聞結束後，我拿起遙控器咔喳咔喳地轉著頻道想找電影節目。因爲沒演電影，於是開在澳洲動物記錄片的節目上。

我不喜歡一直這樣下去，她說。這樣子？每星期約會一次和做愛，過完一星期，又再約會和做愛……這樣子到底要到什麼時候呢？

她哭了。我安慰她，但那沒有用。

第二天中午休息時間，我打電話到她上班的地方，她不在。到晚上又打到她住的地方也沒人接。再下來的一天也一樣。於是我放棄了便出來旅行。

雨依然繼續下著。窗簾、床單、沙發和壁紙，一切的一切都是濕的。空調的調節鈕是狂亂的，打開時太冷，關掉時又一屋子充滿濕氣。沒辦法只好把窗戶打開一半，並開著空調試試看，但也不太有效。

我在床上躺下來抽菸。工作完全無法動手。自從來到這裏以後，文章一行也沒寫。我躺在床上看看推理小說，看看電視，抽抽菸。外面繼續下著雨。

我從飯店的房間裏打了好幾次電話給她。但沒人接。只有電話的訊號聲一直繼續響。她也許一個人到什麼地方去了。或者決定不接任何電話。我把聽筒放回去之後，周遭總是靜悄悄的。由於天花板高的關係，沉默便像空氣的柱子一般可以感覺得到。

那天下午，我在圖書館又再和早餐席上看見的那個年輕女孩子碰面了。

圖書館在一樓門廳往更深處的地方。穿過長長的走廊，走上幾級階梯之後，便出到有穿廊的西洋建築式樣的小別館。從上面看起來左側正好是八角形的一半，右側正好是正方形的一半，這種造型有幾分奇特的建築物。昔日擁有充分閒暇的逗留客可能相當愛惜這裏吧，但現在卻幾乎沒有什麼客人使用這裏了。不僅藏書數量有限，而且幾乎也全像是被時代所留下來的遺物般的東西。要不是相當好事的人，恐怕不會想去拿起來看吧。右邊正方形的部分排著書架，左邊八角形的部分則放著寫字桌和沙發。桌上插著單獨一支的花是平常沒見過的本地的花。室內一塵不染，乾乾淨淨。

我花了三十分鐘時間，從有霉味的書架上，找到很久以前讀過的亨利・萊達・哈格德的冒險小說。這是一本老式英文精裝書，裏面寫著贈書者（也許是）英國人的名字。書上好些地方有插畫。我覺得和我以前讀的版本插畫感覺好像相當不同。

我拿著書到凸窗的窗台邊坐下來，把香菸點著，翻著書頁。幸虧書的情節我已經大多忘記了。這樣的話也許可以消磨一兩天的無聊時光。

我開始讀了大約二十到三十分鐘左右之後，她進到圖書館來。她大概以為裏面沒有人，當她發現我坐在凸窗看書時，似乎有點吃驚的樣子。我一瞬間稍微猶豫一下，停了一個呼吸的時間後輕輕點頭。她也回禮點頭。她穿著和早餐時一樣的衣服。

在她找著書之間，我默默地繼續讀書。她和早晨一樣一面發出喀吱喀吱滿舒服的鞋子聲音。一面從書架走到書架。沉默一陣子，然後又繼續發出喀吱喀吱的鞋子聲音。雖然她在書架後面看不見身影，但從腳步聲的情況可以知道她沒有能夠找到喜歡的書。我苦笑了。這間圖書館裏能夠引起年輕女孩興趣的書是一本都沒有的。

終於她好像放棄了似的空著手離開書架，走到我這邊來。鞋子聲音在我前面停下來之後，飄來一股品味高尚的香水氣味。

「可以給我一根菸嗎？」她說。

我從胸前口袋拿出香菸盒來，上下抖了兩、三次後伸向對方。然後在她抽出一根含在唇上時，用打火機點著火。她好像鬆一口氣似地吸進一口菸，慢慢吐出來，然後眼睛望向窗外。

近看時，她比第一印象顯得老了三、四歲。平常戴眼鏡的人一旦失去眼鏡之後，看大多數的女人都會顯得比實際年齡年輕。我把書頁闔上，用指腹揉著眼睛。然後右手的中指想把鏡架往上推，才發現沒有眼鏡。只不過是沒了眼鏡，人竟然會變得如此的手足無措。我們的日常生活幾乎是由無意義的微小動作累積而成的。

她不時一面吹著煙，一面一言不發地望著窗外。若是一般人的話，會忍不住那麼長久的沉默重壓，她卻那麼沉默著。剛開始看來好像想說什麼而在尋找適當的話似的，不久之後我發現她根本沒有這個意思。沒辦法我只好開口。

「有沒有找到什麼有趣的書？」

「完全沒有。」她說。而且閉著嘴唇微笑。嘴唇兩端只微微往上翹起而已。「盡是一些莫名其妙的書，眞不曉得到底是什麼時候的書呢？」

我笑了。「很多是從前的風俗小說。從戰前到昭和二十年、三十年代左右的吧。」

「有誰會看這些書呢？」

「大概沒有人看吧。經過三十年、四十年還有一讀價值的書，十冊只有一冊。」

「爲什麼不放新書呢？」

「因爲誰也沒利用這裏呀。現在大家只會讀讀放在門廳的雜誌，玩玩電視遊樂器，看看電視。而且已經不太有人會逗留到能夠讀完一本書那麼久了。」

「確實說得也是啊。」她說。於是把近處的椅子拉到旁邊來，坐下來翹起腿。「你喜歡那個時代嗎？很多事情更悠閒，事物更單純……那樣的時代。」

「不。」我說。「並不特別喜歡。如果我生在那個時代的話，我想也會照樣生氣的。沒什麼意義。」

「那麼你一定是喜歡已經消失的東西囉。」

「或許吧。」

或許是。

我們又再默默抽著香菸。

「不過總之，」她說。「沒有一本書可讀也有一點問題。留下過去的淡淡光榮固然是好，但總要爲被雨困在這裏，電視也看膩了，時間又太多的客人著想一下吧？」

「妳是一個人嗎？」

「嗯，一個人。」她說著看看自己的手掌。「我旅行時總是一個人。不太喜歡跟別人一起旅行。你呢？」

「確實是這樣。」我說。總不能說是被女朋友放鴿子了。

「如果推理小說可以的話，我倒有幾本。」

「謝謝。不過我明天下午就打算離開這裏了，大概看不完吧。」

「沒關係，送給妳好了。反正是文庫本，多了也佔行李，本來就想留在這裏不帶走的。」

她再度微笑一次，然後眼光轉向手掌。

「那麼我就不客氣地接受了。」她說。

我常常想，習慣接受東西也是一種偉大的才華之一。

我去拿書的時候她喝咖啡等我，她說。於是我們走出圖書館移到門廳。我喚住正無聊的服務生，點了兩杯咖啡。天花板掛著巨大的電風扇，緩慢地攪動著室內的空氣。只有使不太有什麼可能改變的潮濕空氣一會兒往上升，一會兒下降而已。

等咖啡來的時間，我搭電梯到三樓，從房間裏拿了兩本書再回來。電梯旁邊排著三個用得相當陳舊的皮製旅行箱。好像有新客人住進來的樣子。旅行箱看來就像是主人所擁有的三隻年老的狗一樣。

我回到座位時，服務生在我有點扁平的咖啡杯裏注入咖啡。白細的泡沫覆蓋著表面，終於又消失。我把書越過桌子遞給她。她接過書，看看書名標題，然後小聲說「謝謝。」至少唇形是這樣動的。雖然我不知道她是否喜歡那兩本書，不過不管她喜不喜歡。我不知道爲什麼，總之我覺得對她來說，好像都無所謂的樣子。

她把書疊放在桌上，只喝了一口咖啡，便將杯子再放下來一次，輕輕加一小茶匙細沙糖後攪拌著，再從杯子邊緣細細注入奶油。奶油的白線漂亮地畫出圓圈。終於那白線互相融合，形成一層薄薄的白膜。她不發出聲音地啜著那膜。

手指纖細、光滑。她好像輕輕抓住把手似地支撐著杯子。只有小指頭筆直地伸向空中。既沒有戴戒指，也沒有戴過的痕跡。我和她一面眺望著窗外一面默默喝著咖啡。從敞開的窗戶聞得到雨的氣味。雨沒有聲音。風也沒有聲音。採取不規則的間隔時間滴落窗外屋簷的雨水也沒有聲音。只有雨的氣味悄悄地飄進屋裏來。排列在窗外的紫陽花簡直像小動物般排隊承受著六月的雨。

「您在這裏住很久嗎？」她問我。

「是的。大概五天左右吧。」我說。

關於這個她什麼也沒說。好像沒什麼特別值得感想的似的。

「從東京來的麼？」

「是的。」我說。「妳呢？」

女人笑了。這次看得見只稍微露出的牙齒。「不是東京。」

因爲無從回答於是我也笑了。然後把剩下的咖啡喝完。

到底該怎麼辦才好，我不知道。是不是該趕快把咖啡喝完，杯子放回碟子上，微笑一下打住話題，付完咖啡帳，回房間去，我想這似乎是最正常的做法。但我腦子裏，有東西卡住了阻止我。經常會這樣。我無法適當說明。就像第六感一樣的東西。不，倒沒淸楚得足以稱爲第六感的程度。事後想想簡直微弱得想不起來那種程度的某種什麼。

這樣的時候，我決定不由我這邊開始採取任何行動。只任自己隨狀況發展，順其自然。當然有時候也會不準。不過正如大家常說的那樣，一點點小事起先沒去注意，後來可能漸漸變成有重大意義的事情也不一定。

我下定決心，喝乾了咖啡，深深往沙發裏靠著翹起腿來。像在比耐性似的一直繼續沉默下去。她看著窗外，我看著她。更正確說的話，我並不是在看她，而是在望著她稍前方一點的空間。由於遺失了眼鏡，無法長久對準一個焦點。

這次對方似乎有點焦躁的樣子。她拿起我放在桌上的香菸，用飯店的火柴擦火點菸。

「讓我猜猜看好嗎？」衡量一下適當時間後我問。

「你是指猜什麼？」

「關於妳的事情。從什麼地方來的，做什麼的……之類的。」

「可以呀。」她好像一副無所謂似的說。然後把菸灰彈在菸灰缸，「猜猜看吧。」

我交叉雙手的手指在嘴唇前面，瞇細了眼睛，裝出集中精神的樣子。

「看得見什麼嗎？」她以調侃的口氣說。

我不理會那個，繼續看著她。女人的嘴角神經質地露出微笑，然後消失。她的步調開始有點亂了。看準適當時候我鬆開手指，身體坐直起來。

「妳剛才說不是東京來的，對嗎？」

「嗯。」她說。「是說過。」

「這不是說謊。不過在那以前一直住在東京對嗎？嗯……大概二十年左右吧。」

「二十二年。」她說，從火柴盒裏拿出一根火柴棒，伸出手放在我前面。「首先你得到一分。」然後吐著煙。「滿有意思的。繼續吧。」

「沒辦法這麼急。」我說。「這很花時間的。慢慢來吧。」

「好啊。」

我有二十秒左右，再裝成集中精神的樣子。

「妳現在住的地方，從這裏看……在西方對嗎？」

她把第二根火柴棒像羅馬數字的II的樣子排放著。

「不差吧？」

「不得了噢。」她好像很佩服似的說。「你是專業的嗎？」

「某種意義上是的。像是專業一樣。」我說。確實是這樣。只要擁有能夠聽出和語言有關的知識和音調微妙不同的耳朵，這一點小事是會知道的。而且以這種對人的觀察，我也不是不能算專業。問題還在後頭。

我決定從初步開始。

「妳單身對嗎？」

她摩擦了一會兒左手的指尖然後張開手。「是戒指噢……不過沒關係。這就三分了。」

三根火柴在我面前以Ⅲ的形狀排列著。在這裏我又停頓了一會兒。情況還不錯。只是頭有點痛。每次做這個的時候，頭就會痛。因爲假裝集中精神的關係。雖然說起來很愚蠢，假裝集中精神和眞正集中精神差不多一樣累人。

「還有呢？」女人催促著。

「鋼琴是從小就開始學的嗎？」我說。

「從五歲開始的。」

「是以專業在彈嗎？」

「雖然不是在音樂會表演的鋼琴家，不過也算是專業。有一半是靠教學在吃飯的。」

第四根。

「你怎麼會知道呢？」

「專業是不透露玄機的。」

她吃吃地笑起來。我也笑了。不過底細揭開其實非常簡單。專業的鋼琴家手指在潛意識之下會有一些特殊的動作法，只要看那手勢指觸——比方只是敲著早餐桌子——就可以淸楚地分出專業和非專業了。因爲我以前曾經和會彈鋼琴的女孩子交往過，所以這種程度的事我倒是知道的。

「妳一個人住吧？」我繼續說。沒有根據。只是憑感覺。大體上的暖身運動做過之後，一點比較像樣的靈感就會開始作用起來。

她撇著的嘴唇有點鬆開地往前嘟出來。然後拿出新的火柴棒來，在已經有的四根上面斜著架上去。

雨不知道什麼時候已經變小了。眼睛要不細看的話，就分不出有沒有在下的那種雨。遠方傳來車輪咬著砂礫的聲音。那是車子從濱海道路開往飯店大門口經過斜坡路上來的聲音。在櫃枱待機的兩個服務生聽到那聲音大步穿過門廳，趕到門外去迎接客人。一個還撐著一把黑色的大雨傘。

終於一輛漆黑的計程車出現在門廳外的迴車道上。客人是一對中年男女。男的在奶油色高爾夫西褲上穿茶色外套，戴著綠色窄邊帽子。沒打領帶。女的穿著草綠色質料細滑的洋裝。男的體格結實，曬得很黑。女的穿著高跟鞋，儘管如此，男的還是高出一個頭。

一個服務生從計程車的行李廂拿出兩個皮箱和高爾夫球桿袋，另一個撐開傘爲客人遮雨。男的揮手拒絕雨傘。雨幾乎好像已經停了。計程車從視野中消失之後，小鳥彷彿迫不及待似地一起啼叫起來。

女人好像說了什麼。

「對不起？」我說。

「現在這兩個人，你想是不是夫妻？」她重說一遍。我笑了。

「這個嘛，我不清楚。因爲沒辦法一次考慮很多人。我想再多想一想妳的事。」

「我怎麼說呢……以對象來說算是有趣的嗎？」

我挺直背脊，嘆一口氣。「嗯，所有的人都一樣有趣。這是原則。不過光有原則，還是有些部分無法順利說明。那同時也是自己心中無法順利說明的部分。」我想試著尋找適當的話以繼續說下去，結果沒找到。「就是這麼回事。雖然我覺得這說明很迂迴。」

「我不太明白。」

「我也不明白。不過，總之繼續下去吧。」

我重新坐回沙發，手指再一次交叉在嘴唇前面。女人保持和剛才一樣的姿勢看著我。我前面整齊地排列著五根火柴棒。我深呼吸幾次等靈感回來。不需要很了不起的東西。只要一點點小暗示就行了。

「妳一直住在有寬大庭園的家裏吧？」我說。這很簡單。從她的穿著和肢體動作來看，立刻就知道教養很好。而且要培養一個孩子成爲鋼琴家相當花錢。聲音也是問題。住在社區裏放不下表演用的鋼琴。說是住在有寬闊庭園的家裏並不奇怪。

但我一這樣說完的瞬間，就有某種奇怪的反應。她的視線像結冰似地凝視著我。

「嗯，沒錯……」她說到一半有點混亂。「確實是住在有寬闊庭園的家裏。」

我感覺到關鍵點好像在庭園這一點上。我試著稍微再進一步逼近一些。

「關於庭園妳有某種回憶吧？」我說。

她長久沉默地盯著自己的手。非常久的時間，終於抬起頭來時，她已經又恢復自己的步調了。

「這樣不太公平吧？因爲不是嗎？任何人只要長久住在有庭園的家裏的話，總會有一兩件有關庭園的回憶呀。對嗎？」

「確實沒錯。」我承認。「這件事就當做這樣，我們談談別的吧。」

就那樣我什麼也沒說地轉頭望向窗外，看著紫陽花。長久繼續下的雨把紫陽花染出清晰的顏色。

「對不起。」她說。「關於這個我想再多聽一點。」

我把菸含在嘴上擦亮火柴。「不過那是妳的問題喲，關於那件事妳自己應該比我更清楚才對呀。」

香菸燒掉一公分之間，她沉默著。灰無聲地落在桌上。

「你可以知道什麼事情……也就是說，可以看到什麼程度呢？」女人說。

「我什麼也看不見。」我說。「如果妳是指靈感之類的意思的話。我什麼也看不見。正確說只是有感覺而已。就像在黑暗中踢到什麼一樣。知道有什麼東西在那裏。至於那東西是什麼形狀、什麼顏色則不知道。」

「可是你剛才說你是專業的。」

「我在寫文章。比方像採訪報導啦、實況報導之類的。雖然不是什麼了不起的文章，不過畢竟觀察人還是我的工作啊。」

「原來如此。」她說。

「就是這樣，所以到此爲止吧。雨好像也停了，底牌也揭開了。謝謝妳陪我消磨時間，我請妳喝啤酒好嗎？」

「可是爲什麼會出現庭園這東西呢？」她說。「其他應該還有很多可以想到的東西呀。對嗎？爲什麼是庭園呢？」

「偶然哪。在嘗試各種東西之間有時也會碰巧遇上眞正的東西。如果引起妳不愉快的話，我道歉。」

她微笑了。「沒關係。來喝啤酒吧。」

我向服務生示意，點了兩瓶啤酒。桌上的咖啡杯和沙糖壺收走之後，菸灰缸換新了，然後啤酒也來了。杯子冰得很透，周圍結了一層白霜。女人在我的杯子裏爲我倒了啤酒。我們把杯子稍微往上一舉象徵性地乾杯。喝下冰啤酒後，頭腦後方的凹陷處像被針刺似地疼。

「你常常……玩這種遊戲嗎？」女人問。「可以稱爲遊戲嗎？」

「是遊戲。」我說。「只偶爾才玩。做這個也很累人的噢。」

「爲什麼要做呢？爲了證明自己的能力嗎？」

我聳聳肩。「我跟妳講，這個稱不上什麼能力。我既不是被靈感引導，也不是在說普遍的眞實。我只是把眼睛看得見的事實當做事實來說而已。就算除此之外有什麼，那也稱不上能力。就像我剛才說過的那樣，只是把在黑暗中所感覺到的靠不住的事情，改變成靠不住的語言而已。只是一種遊戲。所謂能力是更不同的東西。」

「可是如果對方不覺得這只是遊戲呢？」

「換句話說，如果我在無意間引出對方心中不必要的什麼的話，妳是指這個嗎？」

「嗯，可以這麼說。」

我一面喝著啤酒，一面試著想一想。

「我不認爲會發生這種事。」我說。「而且就算發生了，也稱不上特殊事件。那是所有人際關係中日常就會發生的。不是嗎？」

「說得也是。」她說。「也許是這樣。」

我們默默喝著啤酒。差不多該走了。我非常疲倦，頭痛也越來越嚴重了。

「我想回房間躺一下。」我說。「我覺得我好像總是在說多餘的事似的。所以經常都很後悔。」

「沒問題。請別在意。談得滿愉快的噢。」

我點頭站了起來。準備拿起桌邊的帳單。她迅速伸出手疊在我的手上。觸感光滑的細長手指。既不冷也不暖。

「讓我來付。」女人說。「好像讓你勞累了。而且還要謝謝你的書。」

我遲疑了一下，然後再一次確認她手指的感觸。

「那麼就讓妳請了。」我說。她輕輕把手抬起來。我點了一下頭。桌上靠近我這邊，五根火柴棒還整齊地排列著。

我就那樣朝電梯的方向前進時，一瞬間有什麼把我制止住。我對她最初第一個感覺到的什麼。我還沒有確實解決那個。我就那樣停下腳步。迷惑了一會兒。結果決定解決掉。我走回那張桌子，站在她旁邊。

「我可以最後問妳一個問題嗎？」我說。

她好像有點嚇一跳似地抬頭看我。「嗯，可以呀。請說。」

「爲什麼妳每次都在看妳的右手呢？」

她反射地轉眼看右手。然後立刻抬頭看我的臉。表情好像從她臉上滑落似地消失了。一瞬間一切都靜止下來。她右手手背朝上伏放在桌上。

沉默像針一般尖銳地刺著我。周圍的空氣完全改變了。我在某個地方搞砸了。但我不知道我所說出口的話，到底什麼地方錯了。所以也不知道該怎麼向她道歉才好。我沒辦法，只好雙手插進褲袋裏，有一會兒就那樣站在那裏。

她以那樣的姿勢一直盯著我瞧，終於轉開臉，眼睛看著桌上。桌上有變空的啤酒杯和她的手。她看起來眞的是希望我消失掉的樣子。

♤

一覺醒來時，枕頭邊的時鐘指著六點。由於空調不靈，加上做了奇怪而活生生的夢，渾身都汗濕了。從意識清醒之後，到手腳能自在活動爲止，花了相當長的時間。我像魚一般還一直躺在溼溼濕濕的床單上，眺望著窗外的天空。雨已經完全停了，覆蓋天空的淺灰色的雲已經有好些地方開始露出破綻缺口。雲被風吹著流動著。缺口微妙地使雲一面改變著形狀，一面慢慢掠過窗框而去。風從西南方吹來。而隨著雲的移動，天空的藍色部分也急遽增加。一直望著天空之間，天色也逐漸擴散開來。因此我停止再眺望。總之天氣正繼續好轉中。

我在枕頭上轉過頭，再一次確認時刻。六點十五分。但我不知道那是傍晚的六點十五分，或清晨的六點十五分。覺得好像是傍晚，也覺得好像是清晨。打開電視的話應該可以知道，卻又提不起勁特地走到電視機前面去。

大概是傍晚吧，我暫且這樣判斷。因為我上床時是三點多，應該不可能睡十五小時之多吧。不過那也只不過是大概而已。並沒有任何確實的證據，證明我沒睡十五小時。不，甚至也沒有沒睡二十七小時的確實證據。這樣一想心情變得非常悲哀。

聽得見門外有人說話的聲音。好像有誰在向誰抱怨什麼似的說法。時間流動得可怕的慢。思考事情花了必要以上的時間。其實非常口渴，但卻花了一段時間才明白過來那是口渴。我勉強擠出力氣爬起床，一連喝了三杯水瓶裏的冷水。大概有半杯是順著胸前流到地上的，把灰色的地毯染黑了。水的冷好像滲進腦芯裏去似的擴展開來。然後我抽了菸。

眼睛望向窗外時，雲的陰影似乎比剛才變濃了幾分。果然還是黃昏。沒有理由不是黃昏。

我還含著香菸脫光衣服走進浴室，轉開淋浴的水龍頭。熱水發出聲音打在浴槽上。老舊的浴槽上有好些地方像裂紋般。各種金屬部分也全都變成同樣的黃色了。

我調整好熱水的溫度之後，在浴槽邊緣坐下，什麼也沒做地望著被排水口吸進去的熱水。香菸終於變短之後，便將那塞進熱水裏熄掉。全身非常倦怠。

雖然如此，我還是沖了淋浴、洗了頭，順便刮了鬍子之後，總算舒服了幾分。打開窗戶讓外面的空氣進來，再喝一杯水，一面擦乾頭髮一面看電視，正在播新聞。果然是黃昏。沒錯。再怎麼樣也不可能睡十五小時。

我想吃晚餐，到餐廳去看看時，有四桌已經被客人佔用了。剛才到達的中年男女也在。另外三桌是由打著整齊領帶，穿著西裝的初老男人們佔著的。從遠遠看起來，大家好像穿著一樣講究，年紀也彷彿一樣老大。好像是律師或醫師的聚會那種感覺。我第一次看到這家旅館有團體客人。

不過不管怎麼說，託他們的福，餐廳終於恢復了原來的生氣。

我選了和早晨一樣的窗邊座位，在看菜單之前，首先點了一份純蘇格蘭威士忌。在舔著威士忌之間，頭腦稍微清醒過來一點。記憶的片斷又一一塡回原來該在的位置。有關雨連下了三天的事、從早上到現在只吃一盤煎蛋捲的事、在圖書館遇到女人的事、眼鏡打破了的事等……。

我喝完威士忌之後，快速地瀏覽了菜單，點了湯、沙拉和魚餐。雖然依舊沒有食慾，但總不能一天只吃一盤煎蛋捲。點完菜後，喝些冰水把口中的威士忌氣味消除，然後再張望一次餐廳。還是沒有那個女人的蹤影。我放鬆不少，而同時也相當失望。連自己都不知道，到底是想再見一次那位年輕女子呢，還是不想。兩者都可以。

然後我想起留在東京的女朋友的事。並試著數一數開始和她交往有幾年了。兩年三個月了。覺得兩年三個月好像有一點不上不下的數字。認眞地試想一想，我或許沒有必要多跟她交往這三個月吧?不過，我喜歡她，沒有任何理由——至少我這邊——跟她分手。

我想分手，或許她會說。我想她一定會這樣說。那麼我該怎麼說才好呢。我喜歡妳而且沒有理由分開，這樣說好嗎?不，這樣說怎麼想都很呆。就算我喜歡什麼，那也沒任何意義。我也喜歡去年聖誕節買的喀什米爾毛衣，喜歡喝很純很貴的威士忌，喜歡天花板高高的寬大的床，喜歡吉米奴恩(Jimmie Noone)的老唱片……換句話說只不過如此而已。我沒有任何足以留住她的根據。

一想到跟她分手，再找新的女孩子時，我就覺得不耐煩。一切的一切又都必須從頭開始來過。我嘆一口氣，決定什麼都不再想了。想得再多也沒用，事情只能順其自然。

天色完全黑下來了，窗外海像暗色布料般擴展著。雲變成一塊塊的，月光照著沙灘和細碎發白的海浪。海面朦朧地滲透出船上黃色的燈光。各桌穿著講究的男士們一面喝著葡萄酒，一面聊著天大聲笑著。我默默地一個人吃著魚。吃完後，只剩下魚頭和魚骨。奶油醬用麵包沾起來吃得乾乾淨淨。然後用刀子把魚頭和魚骨切開。並把魚頭和魚骨平行排列在變得潔白的盤子上。並沒有什麼特別的意思。只是想這樣做看看而已。

盤子終於收走，咖啡送來了。

我打開房門時，地上掉了一張紙片。我用肩膀推開房門彎身撿起來。在印有飯店mark的卓綠色便條紙上，用黑色原子筆寫著細字。我把門關上在沙發上坐下來，點起香菸然後讀便條。

中午對不起。雨也停了，要不要消磨時間去散散步？方便的話我九點鐘在游泳池邊等候。

我喝了一杯水之後重新讀便條。一樣的字句。

游泳池？

這家飯店的游泳池我很清楚。游泳池在後面山丘上。我雖然沒游過，但看過幾次。寬大的游泳池，三面被樹林圍住。從一面可以俯瞰海。而且至少就我所知，那裏並不是適合散步的地方。如果想散步的話，沿著海岸倒有很多條好走的路。

時鐘指著八點二十分。不過不管怎麼樣都不必爲這個煩惱。有人想見我。去見就是了。而地點要是游泳池的話，那麼就游泳池吧。明天一到，我已經不在這裏了。

我打電話給櫃枱說有事情明天就要回去了，剩下一天的預約請取消。知道了，對方說。沒有任何問題。然後我從衣櫥和五斗櫃裏拿出衣服，整齊地折疊起來裝進旅行箱裏。只有書的高度比來的時候減低了。時間是八點四十分。

我搭電梯下到門廳，從大門走出外面。是個安靜的夜晚。除了海浪的聲音之外什麼也聽不見。吹著有潮濕氣味的西南風。抬頭看後方時，建築物有幾扇窗戶裏亮著黃色的燈光。

我把運動衫的袖口拉高到手肘上，雙手插在長褲口袋裏，沿著鋪了細砂礫的和緩斜坡朝後方的山丘走上去。高度及膝的植栽沿著道路兩旁繼續延伸。巨大的櫸木初夏茂盛鮮嫩的綠葉滿滿地遮住了半邊天空。

從溫室的轉角彎向左邊的地方有石階。相當長而陡的石階。走上三十階左右時便來到有游泳池的山丘上。八點五十，沒看到女人的蹤影。我喘一口大氣之後，把直立著靠在牆上的躺椅撐開，確認過不濕之後在那上面坐了下來。

游泳池的燈光熄滅了。但由於立在半山腰上的水銀燈和月光的關係並不暗。游泳池有跳水台，有監視台，有更衣室，有果汁吧，有爲方便日光浴的人而設的草地空間。監視台旁邊堆放著分道繩和踢腳浮板。雖然離游泳季節還有一段時日，但游泳池裏已經放了滿滿的水。大概正在試水吧。水銀燈和月光各半混合而成的光，把寬大的游泳池水面染成奇異的色調。正中央一帶飄浮著蛾的屍體和櫸樹的葉子。

既不冷也不熱，微風輕輕搖晃著樹林的葉子。吸滿雨水的翠綠樹林，往四周散發著香氣。確實是個很舒服的美好夜晚。我把躺椅的靠背幾乎放成水平，然後仰天躺下，一面望著月亮一面抽起香菸。

女人來的時候手錶的針指著九點十分左右。她穿著白色涼鞋。和非常貼身的無袖洋裝。洋裝的顏色是帶有灰調子的藍色，上面有細得不靠近看就看不出來的粉紅色細線條的格子紋。她從游泳池入口正相反的對面樹林裏出現。因爲我一直注意著入口的方向，因此當她從我視野的角落出現時，有一會兒我還沒注意到。她沿著游泳池較長的邊緣慢慢往我這邊走來。

「對不起。」她說。「其實我來很久了，在那邊隨便走著之間居然迷路。結果絲襪也勾破了。」

她在我旁邊同樣把躺椅拉開來坐，右腳小腿肚朝向我。正好腿肚正中央一帶絲襪縱向脫線了十五公分左右。往前彎身時深深的領口便看得見白皙的乳房。

「剛才對不起。」我道歉。「我沒有什麼惡意。」

「哦，那件事啊。已經沒關係了。忘掉吧。沒什麼重要的。」

女人這麼說完把手掌朝上，雙手放在膝蓋上。「好舒服的夜晚，不是嗎？」

「是啊。」我說。

「我喜歡沒人的游泳池。好安靜，一切都靜止的，有點無機質……你呢？」

我望著游泳池水面波動的漣漪。「是啊。不過我覺得看起來好像死人似的。或許因爲月光的關係吧。」

「你看過屍體嗎？」

「嗯，有。不過是溺死的屍體。」

「什麼樣的感覺？」

「像沒有人的游泳池。」

她笑了。一笑起來眼睛兩端便出現皺紋。

「是在很久以前看到的。」我說。「我小時候。那被海浪沖上岸來。以溺死的來說算是漂亮的屍體。」

她用手指撥弄著頭髮的分線。好像洗完澡的樣子，頭髮有潤絲精的味道。我把躺椅的靠背扶正到和她一樣的斜度。

「嘿，你養過狗嗎？」她問。

我稍微吃了一驚轉眼看女人的臉。然後再把視線轉回游泳池。

「不，沒有。」

「一次都沒有嗎？」

「嗯，一次都沒有。」

「討厭嗎？」

「麻煩哪。必須帶狗去散步、陪牠玩、弄吃的餵牠之類的。並不是討厭，只是嫌麻煩而已。」

「你討厭麻煩的事啊？」

「討厭這一類的麻煩。」

她沉默著像在考慮什麼似的。我也沉默。游泳池水面的櫸樹葉子被風吹著慢慢飄動。

「以前我養過馬爾他犬。」她說。「我小時候，拜託我父親買給我的。我是獨生女，不愛講話也沒有朋友，所以很想要有遊戲的伴，你有兄弟姊妹嗎？」

「有哥哥。」

「有兄弟姊妹很棒吧？」

「嗯，不知道，我們已經有七年沒見了。」

她從什麼地方拿出香菸來抽，休息了一下。然後繼續談馬爾他犬的事。

「總之，照顧狗的事全部落在我身上。那是我八歲的時候。餵牠吃、幫牠收拾大小便、帶牠散步、帶牠去打針、幫牠撒除蝨子粉，什麼都做。一天也沒偷懶。我們睡同一張床、一起洗澡……這樣子一起生活了八年。我們感情非常好。我了解狗在想什麼，狗也了解我在想什麼。比方早晨出門時我交代說『今天會買冰淇淋給你喲』，那天傍晚，牠就會在門前一百公尺的地方等我噢。還有……」

「狗會吃冰淇淋嗎？」我不禁反問她。

「當然會呀。」她說。「是冰淇淋哪。」

「說得也是。」我說。

「還有當我傷心難過無精打采的時候，牠總是會來安慰我。表演各種才藝給我看。你懂嗎？我們處得非常好噢。感情非常非常好。所以八年後牠死的時候，我眞的不知道該怎麼辦才好。不知道往後要怎麼活下去才好。我想狗也一樣。如果立場相反，我先死的話，我想牠一定也會有同樣的感覺。」

「死因是什麼呢？」

「腸閉塞。毛球塞住腸子了。結果只有腸子腫起來，全身瘦得皮包骨地死掉。痛苦了三天。」

「給醫師看過嗎？」

「有，當然有。不過已經太遲了。所以當我知道太遲了，把牠帶回家後，讓牠死在我膝蓋上。死的時候還一直看著我的眼睛。死了以後……還在看呢。」

她好像在悄悄抱起眼睛看不見的狗似的，把原來放在膝上的手輕輕向內側彎曲。

「死掉四小時左右開始變僵硬。身上的溫度漸漸消失，最後像石頭一樣硬……就這樣完了。」

她一面望著膝上的手，一面沉默了一會兒。我不知道話題會怎麼發展下去，於是就那樣依然望著游泳池的水面。

「屍體決定埋在庭園。」她繼續說。「庭園角落的棣棠花旁。我父親幫我挖的洞。那是五月的夜晚。不是很深的洞。大約七十公分左右。我用最愛惜的毛衣把狗捲起來，放進木箱裏。大概是威士忌或什麼的木箱子。裏面還放了各種東西。我和狗一起照的相片、狗食、我的手帕、牠常玩的網球、我的頭髮，還有存款簿之類的。」

「存款簿？」

「是啊。銀行的存款簿。從小時候開始存的錢，大概有三萬圓左右吧。狗死掉的時候，我眞的非常傷心，覺得錢和一切都不需要了。所以把它埋掉。而且一定也有一點想藉埋掉存款簿來好好確認自己的悲哀吧。如果到火葬場去的話，我想可能會一起燒掉。其實那樣還比較好呢。」

她用指尖磨擦眼眶。

「然後過了一年左右什麼事也沒發生。雖然非常寂寞，好像心中被挖開一個大洞似的，但總算還勉強活著。那當然哪，再怎麼說總沒有人因爲狗死了就自殺吧。

「結果，那對我來說正好也是一個小小的轉換期。也就是說，怎麼說才好呢，那也是一直窩在家裏的不說話的少女轉向外面張開眼睛的時期。因爲自己也隱約知道以後不能照這樣繼續活下去。所以狗的死，現在想起來，某種意義上也是一種象徵性的事件吧。」

我在躺椅上挺起身體，仰望天空。看得見幾顆星星。明天可能會是好天氣。

「嘿，這種話題很無聊吧？」她說。「從前從前有一個地方，有一位不愛說話的少女之類的，這種話題。」

「不會無聊啊。」我說。「只是想喝啤酒而已。」

她笑了。並把靠在椅背上的頭轉過來朝向我。我和她之間僅有二十公分左右的距離。她每一次深深呼吸時，躺椅上形狀美好的乳房便上下起伏。我再看游泳池。她暫時一句話也沒說地看著我。

「總之就這樣。」她繼續說。「我逐漸一點一點地溶入外面的世界去。當然並不是從一開始就很順利，不過朋友慢慢多起來，上學也不像從前那麼痛苦了。不過那是託失去狗的福呢，或者即使狗活著，結果還是會變成這樣呢，這就不是我能知道的了。雖然想了幾次，結果我還是想不通。

「然後我十七歲那年，發生了一件有點傷腦筋的事。要詳細說的話恐怕太長。總之是有關我最要好的朋友的事。簡單說就是她父親出了什麼問題被公司免職，因此她付不起學費，她這樣跟我透露。我們學校是私立女中，學費相當貴，而且你知道嗎，在女校裏如果有某個女孩子向誰透露了什麼的話，並不是說，哦！是嗎？就了事的。不過就算不是這樣，我也覺得非常可憐，總想多少能夠爲她做一點事。可是我又沒錢。……你猜結果怎麼樣？」

「把存款簿挖起來？」我說。

她聳聳肩。「沒辦法啊。我也一直猶豫不決。不過我越想越覺得應該那樣做。不是嗎？一邊眞的是正在傷腦筋的朋友，一邊則是已經死掉的狗。死掉的狗是不需要什麼錢的。如果是你的話會怎麼做呢？」

我不知道。我既沒有正傷腦筋的朋友，也沒有已經死掉的狗。我說，我不知道。

「於是……妳就一個人把那挖起來嗎？」

「是啊，我一個人做的。實在沒辦法跟家人說。我父母親也不知道我把存款簿埋掉了，所以在說明要挖起來之前，首先不得不先說明已經埋掉的事……你明白嗎？」

我明白，我說。

「我趁著父母親外出的時候，從儲藏室裏拿出鏟子，一個人挖起來。因爲是下過雨之後，土還算軟，並沒有多費事。對了，大概花了十五分鐘左右吧。大約挖這麼久之後，鏟子尖端碰到木箱了。木箱沒有我想像的那麼舊。感覺好像一星期前才剛剛埋進去似的。我覺得好像是非常久以前埋掉的啊……奇怪，木頭的感覺好白，看來好像是剛剛埋進去似的。我原來以爲只要經過一年大概就會變得黑漆漆了。所以……我有點嚇一跳噢。這種事眞不可思議。其實好像不管怎麼樣都沒關係的事，卻只因這麼一點點的差別而使我一直耿耿於懷。然後我去拿釘拔來……打開蓋子噢。」

我等她繼續說，但沒有下文。她只把下顎稍微往前伸出，就那麼沉默著。

「然後怎麼樣呢？」我轉向水面問她。

「打開蓋子，拿出存款簿，再蓋上蓋子，把洞穴埋掉啊。」她說。然後又沉默下來。茫然的沉默一直繼續著。

「是什麼樣的感覺呢？」我試著問她。

「陰沉沉的六月下午，偶爾滴滴答答地下幾滴雨。」她說。「家裏面和庭園裏都非常靜，才下午三點剛過，已經像是黃昏了一樣。光線很短促，朦朦朧朧的，無法正確掌握距離。在一根一根拔著鐵釘的時候，我記得家裏的電話鈴響了。鈴聲一直響了好幾次又好幾次。響了有二十次之多。

簡直就像有人在長長的走廊上慢慢走著似的電話鈴聲。從某個角落轉出來，又消失到某個角落去一樣噢。」

沉默。

「我打開蓋子時，居然看見狗的臉。不可能不看哪。埋的時候把狗捲起來的毛衣好像掀開了，前腳和頭露了出來。側著臉，看得見鼻子、牙齒和耳朵。還有照片啦、網球啦、頭髮……之類的。」

沉默。

「那時候我最驚訝的是，自己居然一點都不害怕。雖然我不知道為什麼，可是卻一點都不害怕噢。如果那時候我稍微害怕一點的話，也許心裏會輕鬆一點也不一定。可是……一點都沒有。一點感情都沒有。就算不一定要害怕，至少類似難過或悲哀之類的也好。但是……什麼都沒有。沒有任何感情噢。簡直就像到信箱去把報紙拿回來一樣，那種感覺。甚至，我是不是真的做了那件事都無法確定。因為實在記得太多事情了。想必是。不過只有氣味，還一直留著。」

「氣味？」

「存款簿上已經滲入氣味了。我不知道該怎麼說。總之……是氣味喲。氣味。我手上拿起那個，手也滲進那氣味了。不管我怎麼洗手，那氣味還是洗不掉。不管怎麼洗都不行。氣味已經滲入骨頭裏去了。現在……還是……就是這麼回事。」

她把右手舉到眼睛的高度，透著月光照看著。

「結果。」她繼續下去。「一切都徒勞無功。什麼也沒幫上忙。存款簿味道太重，也不能拿去銀行，就燒掉了。事情就這樣結束。」

我嘆了一口氣。不知道該怎麼說感想才好。我們沉默著，各自望著不同的方向。

「那麼。」我說。「那位朋友後來怎麼樣了？」

「結果她還是沒有休學。其實並沒有那麼缺錢。女孩子就是這樣。總想把自己的境遇想像得更具悲劇性。眞愚蠢。」她點起新的香菸。轉頭看我。「不過不要再談這個了。今天告訴你，是我第一次提起這件事。我想今後也不會再提起了。因爲這也不是能夠到處宣揚的事啊。」

「說出來之後有沒有輕鬆一點呢？」

「有啊。」她說著微笑起來。「好像輕鬆多了噢。」

我猶豫了相當久，幾次差一點說出口，轉念間又把話縮回去。然後再猶豫。我很久沒有這樣猶豫不決了。在那之間，我一直用指腹敲著躺椅的扶手。想抽菸，但菸盒已經空了。她手肘支在扶手上一直望著遠方。

「有一件事想拜託妳。」我終於鼓起勇氣說出來。「如果惹妳不高興的話，我向妳道歉。請把這忘記。不過我總覺得……或許這樣會比較好也不一定。雖然我也說不上來。」

她仍然托著臉頰看著我「沒關係。你說說看。就算我不喜歡也會立刻把它忘掉。也請你馬上忘掉——這樣好嗎？」

我點頭。「可不可以讓我聞一聞妳手的氣味？」

她以恍惚的眼睛看著我。依然托著臉頰。然後閉上眼睛幾秒鐘，用手指揉揉眼瞼。

「好啊。」她說。「請便。」然後把托著臉頰的手抽出來，伸到我前面。

我握住她的手，就好像在看手相時那樣，把手掌朝著我的方向。她的手力氣完全放鬆。修長的手指極自然地微微向內側彎曲著。我的手和她的手重疊時，我想起自己十六、七歲時的事情。然後我彎下身體，鼻尖稍微碰到她的手掌。聞到一股飯店備用的香皂氣味。我確認了一下她手的重量之後，輕輕把那放回她洋裝的膝上。

「怎麼樣？」

「只有香皀的氣味。」我說。

♤

和她分手之後，我回到房間，試著再撥一次女朋友的電話。她沒有接。只有訊號聲在我手中繼續響了好幾聲好幾聲又好幾聲。和以前一樣。雖然如此我還是不管。我讓幾百公里外的電話鈴聲繼續響好幾聲好幾聲又好幾聲。我現在可以淸楚地感覺到，她就在電話前面。她確實在那裏。

我在電話鈴響了二十五次之後把聽筒放下。夜晚的風搖晃著窗邊的薄窗簾。也聽得見海浪的聲音。然後我拿起聽筒，再一次慢慢撥號碼。

雪梨的綠街

1

雪梨的綠街並不像你從那名字所想像的——我只是想像也許你會那樣想像而已——那麼棒的街。首先那條街上連一棵樹都沒有長。也沒有草坪、沒有公園、沒有飲水處。那麼爲什麼會取個所謂綠街「Green Street」這麼不得了的名字呢，這只有神仙才知道了。或許連神仙都不知道吧。

我老實說，其實綠街在雪梨也是最蕭條的街。既狹窄、又擁擠、又骯髒、又窮酸、又惡臭、環境既惡劣又老舊，而且氣候非常糟。夏天冷得要命，冬天熱得要命。

「夏天冷得要命，冬天熱得要命。」這種說法好像很奇怪吧。例如南半球和北半球就算是季節相反，但以現實問題來說，熱的是夏天，冷的是冬天哪。也就是說八月是冬天，二月是夏天。

澳洲人都是這樣想的。

但以我來說，事情卻不可能那麼容易分清楚。因爲裏頭會夾進一個「所謂季節到底是什麼？」的大問題。也就是說，到底是十二月到了所以是冬天，或者是因爲變冷了所以是冬天呢？的問題。

「這很簡單哪，因爲變冷了所以是冬天吧。」你或許會這麼說。不過請等一下。如果因爲變冷了所以是冬天，那麼到底攝氏幾度以下算冬天呢？如果大冬天裏連續有幾天天氣變得非常溫暖的話，那是不是「因爲天氣變暖了所以是春天」呢？

你看，搞不清楚了吧？

我也搞不清楚。

不過我覺得「因爲是冬天，所以不能不冷」的想法未免太過於片面了吧。爲了打破周圍人們的固定觀念，我也要把從十二月到二月稱爲冬天，六月到八月稱爲夏天。所以冬天熱、夏天冷。

因此周圍的人們都認定我是個怪人。

不過，那都無所謂。還是來談談綠街的事吧。

2

雪梨的綠街，正如前面已經說過的那樣，在雪梨也算是最蕭條的街。說不定在整個南半球都是最蕭條的街也不一定。例如現在，十月的下午，我從大樓三樓辦公室的窗戶俯視綠街的正中央一帶。

看得見什麼嗎？

看得見各種東西。曬得黑黑的酒精中毒的流浪漢，一腳踹在臭水溝裏正睡著午覺——或在舒展筋骨一下。

穿著華麗的小流氓把鍊條塞進西裝口袋，一面弄得喳啦喳啦響，一面在街上到處亂逛。

身上的毛已經脫落一半的病奄奄的貓在翻著垃圾箱。

七、八歲的小孩正在用錐子把一輛又一輛的車子輪胎戳破。

紅磚牆上黏著各色嘔吐物乾掉的痕跡。

大部分商店都把鐵門放下來。大家對這條街都失去了熱情，紛紛把店收起來逃到別的地方去。現在還在開店營業的，只有當鋪、酒鋪和「巧莉」的披薩店。

穿著高跟鞋的年輕女孩子胸前抱著黑色漆皮皮包，一面發出喀吱喀吱尖銳的鞋跟聲一面全速跑過街去。好像有人在後面追她似的，但並沒有任何人在追她。

兩隻野狗在馬路正中央擦身而過。一隻由東向西走，另一隻由西向東走。兩隻都一面走一面看著地上，連擦身而過時也沒抬頭。

雪梨的綠街就是這樣一條街。我經常這樣想，如果地球上某個地方必須做一個超特大的屁眼的話，那除了這裏之外沒有別的地方。換句話說就是雪梨的綠街。

3

我在雪梨的綠街設事務所，當然有我的理由。並不是因爲貧窮的關係。雖然這裏的租金確實非常低，但我並不缺錢。相反的我錢多得不得了。多得可以一口氣買下十棟雪梨最熱鬧商店街的十六層大樓，也可以買下最新式航空母艦連帶五十架噴射戰鬥機。總之我有的是多得看了都嫌煩的錢。因爲我父親是沙金王，我父親留下全部財產給我，就獨自在兩年前死掉了。

那錢因爲沒什麼用途，所以只好全部放進銀行裏，但這下子利息卻花不完了。所以那利息也放進銀行裏，這樣一來利息又更增加了。光一想到這裏，就眞的好煩。

我會在雪梨的綠街設事務所，是因爲只要在這裏就不會有半個認識的人來。正經的人是絕對不會到雪梨的什麼綠街的。因爲大家都很怕這條街。所以喜歡囉囉唆唆東抱怨西叫苦的親戚不會來，愛多管閒事的朋友也不會來，想撈錢的女孩子不會來。法律顧問不會爲財產營運而來，銀行經理不會爲打招呼而來，勞斯萊斯汽車推銷員也不會抱著一堆說明書來敲門。

沒有電話。

信都撕了丟掉。

眞清靜。

4

我在雪梨綠街開了一家私家偵探社。換句話說我是私家偵探。招牌上這樣寫著。

ㄙ ㄐㄧㄚ ㄓㄣ ㄊㄢˋ ㄕㄡ ㄈㄟˋ ㄆㄧㄢˊ ㄧˊ。

ㄐㄧㄣˇ ㄒㄧㄢˋ ㄡˇ ㄑㄩㄢˋ ㄐㄧㄢˋ。

招牌用平假名寫當然有原因。因爲雪梨的綠街沒有一個人看得懂漢字。

事務所是六疊榻榻米左右髒得可怕的房間。牆壁和天花板都帶有討人厭的黃色斑剝污點。門裝得不好，一打開就關不上，一關上又得費盡九牛二虎的力氣才打得開。玻璃門上寫著「私家偵探社」。門的把手上掛著「在」或「不在」表裏兩面不同文字的牌子。「在」朝外時，我在事務所。「不在」朝外時，就是我外出了。

不在事務所時的我，不是在隔壁房間睡午覺，就是在披薩店裏一面喝啤酒一面和女服務生「巧莉」聊天，二者之一。「巧莉」是比我小幾歲的可愛女孩子。混有一半中國人的血統。雖然如雪梨之大，但混有一半中國人血統的女孩子，卻除了「巧莉」就沒有別人了。

我非常喜歡「巧莉」。我想「巧莉」應該也喜歡我吧。不過確實怎麼樣我並不清楚。別人在想什麼我完全搞不懂。

「私家偵探這一行賺錢嗎？」「巧莉」問我。

「不賺錢哪。」我回答。「可是所謂賺錢，只不過是錢進來而已不是嗎？」

「你眞是個怪人。」「巧莉」說。

「巧莉」並不知道我是個大富豪。

5

掛著「在」的牌子時，我大概都坐在事務所的塑膠沙發上，一面喝著啤酒一面聽葛雷顧爾德的唱片。我最喜歡葛雷顧爾德的鋼琴。光是葛雷顧爾德的唱片我就有三十八張。

我早晨第一件事，先把六張唱片設定在自動換片的轉盤上，一直不停地聽著葛雷顧爾德。然後喝啤酒。葛雷顧爾德聽膩了之後，偶爾會放平克勞斯貝的「銀色聖誕」。

「巧莉」則喜歡「AC／DC」。

6

雖說是「私家偵探社」，但幾乎沒有客人上門。雪梨綠街的居民從來沒有想過解決什麼事情還要付錢這回事。而且他們該解決的問題實在太多了，與其一一解決，不如習慣於想辦法怎麼跟問題妥協下去。不管怎麼說雪梨綠街對私家偵探來說絕不是一個容易居住的地方。

非常稀有的情況，也有客人被「價格便宜」的字眼吸引而來，但那大部分——那當然是指對我來說而已——卻是非常無聊的案件。

例如「爲什麼我們家的雞會變成兩天才生一次蛋呢？」或者「我們家的牛奶每天早晨都被偷

走，請你把犯人抓起來教訓一頓。」或者「朋友借了錢不還，所以你可不可以假裝暗示他，要他還我。」之類的。

這些無聊的請託，我一概回絕。你說不是嗎?我可不是爲了解決誰家的雞或牛奶或小器的借款才當私家偵探的。我所期望的是更戲劇化的案件。比方說身高兩公尺長，戴著藍色義眼的管家，坐著黑色豪華轎車來說「爲了保護伯爵千金的紅寶石，可否請閣下助一臂之力。」之類的。那種案件。

不過澳洲並沒有什麼伯爵千金。不用說伯爵，連個子爵、男爵都沒有。眞傷腦筋。

因此我每天每天都非常閒。我剪剪指甲、聽聽葛雷顧爾德的唱片、擦擦骨董自動手槍，或在披薩店和「巧莉」聊聊天，以打發時間。

「你也別再做什麼私家偵探這種笨行業了，找個正經事，好好安定下來不好嗎?」「巧莉」這樣說。「做個印刷工人之類的工作嘛。」

印刷工人哪，我想。這也不壞。跟「巧莉」結婚，然後當個印刷工人，這樣也滿不錯的。

不過現在我還是個私家偵探。

7

那個穿著羊衣服的矮小男人從門口進來是星期五的下午。打扮成羊模樣的矮小男人快步走進房間之後，便探頭出去看有沒有人在後面跟蹤，確定沒人之後才把門關上。門怎麼也關不上，我幫著他，兩個人總算把門關上。

「你好。」小男人說。

「你好。」我說。「嗯……」

「請叫我羊男。」羊男說。

「幸會，羊男先生。」我說。

「幸會。」羊男說。「你就是私家偵探嗎？」

「是的。我是私家偵探。」我說。然後我把唱機關掉，把葛雷顧爾德的「Invention」收進唱片櫃，把啤酒空罐子收拾好，指甲刀收進抽屜裏，請羊男在椅子上坐下。

「我一直在找私家偵探。」羊男說。

「哦，原來如此。」我說。

「可是不知道要去哪裏找。」

「嗯嗯。」

「結果，我在街角那家披薩店談起來時，一個女人告訴我說可以到這裏來。」

那是指「巧莉」。

「那麼羊男先生。」我說。「請說說你有什麼事吧。」

8

羊男穿著羊形的布縫衣服。雖說是布縫衣服並不是用便宜的布縫製的，而是用眞正的羊的毛皮。連尾巴和角都附在上面。只有手腳和臉部是空的。眼睛帶著黑色眼罩。到底爲什麼這個男人必須這樣裝扮呢？我眞不明白。現在已經相當深秋了，所以這樣裝扮相信會流很多汗吧。而且走在外面也可能會被小孩子嘲笑。眞搞不淸楚。

「如果熱的話。」我說。「請不用客氣，嗯，可以把那外套脫下來。」

「不不不，你不用擔心。」羊男說。「我已經很習慣這樣了。」

「那麼羊男先生。」我重複地說。「讓我聽聽你的事情吧。」

9

「其實我是想請你幫我找回耳朵。」羊男說。

「耳朵？」我說。

「也就是我衣服上的耳朵。你看，這裏。」說著羊男用手指著頭的右上方。同時他的眼珠也一骨碌地轉向右上方。「這邊的耳朵被扯掉不見了吧。」

確實他的羊衣裳的右側耳朵——也就是從我的方向看來是左側——被扯掉不見了。左耳則好端端的附在上面。過去我從來沒想過羊的耳朵是什麼樣子的。說起來羊的耳朵是扁扁平平往旁邊張開可以搖搖擺擺的。

「所以我想請你幫我找回耳朵。」羊男說。

我拿起桌上的便條紙和原子筆，用原子筆尖叩叩地敲著桌子。

「請把詳細情形告訴我。」我說。「是什麼時候被扯掉的？被誰扯掉？還有你到底是什麼？」

「是三天前被扯掉的。被羊博士扯掉。還有我是羊男。」

「要命。」我說。

「對不起。」羊男說。

「可以請你說詳細一點嗎？」我說。「你說羊博士什麼的，我一點都搞不懂。」

「那麼我就詳細說吧。」羊男說。

「我想你或許不知道，這世界上大約住著三千個羊男。」羊男說。

10

「我想你或許不知道，這世界上大約住著三千個羊男。」羊男說。

「在阿拉斯加、玻利維亞、坦桑尼亞和冰島，到處都有羊男。不過這並不是秘密結社、或革命組織、或宗教團體之類的組織。也沒有集會社團雜誌。總之我們只是羊男而已，希望做個羊男，和平地生活而已。以身爲羊男來思考事情、以身爲羊男來飲食、以身爲羊男來組成家庭。正因爲這樣所以是羊男。你明白嗎？」

我雖然不太明白，但卻「嗯、嗯。」地回答。

「不過也有一些人想要擋我們的路。那代表人物就是羊博士。羊博士的本名、年齡和國籍都不清楚。也不清楚那是一個人呢，還是多數人。不過可以確定是年紀相當大的老人。而羊博士的生活意義便是扯下羊男的耳朵，加以收集。」

「那又爲什麼呢？」我問。

「羊博士不喜歡羊男的生活方式。所以故意惹他們討厭，還把他們的耳朵扯掉。然後幸災樂禍。」

「好像滿粗暴亂來的人嘛。」我說。

「不過我覺得其實應該不是那麼壞的人。也許遇到過什麼不愉快的事，脾氣才會變得那樣彆扭。所以我只要能找回耳朵就好了。我並不恨羊博士。」

「很好。**羊男**先生。」我說。「我去幫你把耳朵要回來。」

「謝謝。」羊男說。

「費用一天一千圓，耳朵要回來後五千圓，現在請先預付三天份的費用。」

「要先預付嗎？」

「要先預付。」我說。

羊男從胸前口袋掏出一個大蛙嘴小錢包，抽出三張折得整整齊齊的千圓鈔票，愁眉苦臉地把那放在桌上。

11

羊男回去後，我把千圓鈔的縐紋撫平，放進自己的皮夾。千圓鈔上沾滿了汚斑和氣味。然後我到披薩店去點了沙丁魚披薩和生啤酒。我一天吃三頓披薩餅。

「終於有委託案子進來了啊。」「巧莉」說。

「是啊，要開始忙了。」我一面吃披薩餅一面說。「我必須去找羊博士。」

「如果是羊博士的話，倒不必找。應該就住在這附近。因爲常常會來我店裏吃披薩啊。」「巧莉」說。

「他住哪裏呢？」我吃了一驚問道。

「這個我不知道，你不會自己查查看電話簿嗎？你不是偵探嗎？」

我想怎麼可能，不過爲了愼重起見，還是翻了電話簿的「ㄧㄤ́」頁試試看。羊博士的電話居然刊在上面。

羊男（無業）……363-9847
羊亭（酒店）……497-2001
羊博士（無業）……202-6374

我拿出手册把羊博士的電話號碼和住址記下。然後喝了啤酒把剩下的披薩吃掉。事件好像可以很快解決的樣子。

12

羊博士家在綠街的西端。是一棟磚造的小房子，庭園裏開著玫瑰花。在綠街來說難得有這麼像樣的房子。當然也相當老舊破落了，不過至少還像個家。

我確認了一下藏在腋下的槍的重量，戴上太陽眼鏡，一面用口哨吹著「小丑（I Pagliacci）」

的序曲，一面繞屋子四周走一圈看看。並沒有任何特別可疑的地方。屋子裏靜悄悄的沒有一點聲音。窗上掛著白色蕾絲窗簾。非常安靜而悄然，實在想不到會是扯掉羊男耳朵的人物住的地方。我繞了玄關看看。名牌上寫著「羊博士」。沒錯。信箱裏什麼也沒有。卻貼著「謝絕報紙、牛奶」的紙頭。

探查過羊博士家之後，接下來該做什麼才好呢？我也沒轍。因爲實在太容易就找到他家了。本來應該經過各種曲折離奇的麻煩事之後，拚命推理才好不容易想到、找到房子，偏偏卻這麼簡單就找到了，實在沒辦法好好整理出思路，這還眞傷腦筋。我一面用口哨吹著巴哈的「以心、口、行爲和生命（Herz Und Mund Und Tat Und Leben）」，一面試著思考到底該怎麼辦才好。最簡單的是按門鈴，羊博士出來的話就說「對不起，請把羊男的耳朵還給他。」實在很簡單。決定就這麼辦。

13

我按了十二次門鈴。然後在門前等五分鐘。沒有反應。屋子裏還是依然靜悄悄的沒有一點聲音。麻雀在庭園的草坪上走來走去。

我正放棄了想回去時，門突然啪噠地開了，一個大個子的老人猛不防探出頭來。感覺非常魯莽的老人。可能的話我眞想就那樣逃回家去。但總不能那樣。

「喂，好吵啊。」老人大吼。「人家好不容易舒舒服服在睡午覺，你們這些傢伙眞是……」

「您是羊博士嗎？」我問。

「那邊不是貼著紙條嗎？你不會讀漢字嗎？聽著，謝絕報紙、牛奶……」

「漢字我會唸。我不是報紙或牛奶的推銷員，我是私家偵探。」

「私家偵探？什麼都一樣。我不需要這種東西。」羊博士這樣說完就想啪噠地關門了，但我趕快把腳伸出去夾在門縫間把門卡住。腳踝被門撞得好痛，但我面不改色地強忍了下來。

「您沒事，可是我有事。」我說。

「管你的。」說著羊博士用皮鞋尖端踢我的腳踝。痛得我以爲骨頭都碎了，但連這也忍下來了。

「我們冷靜地談一談好嗎？」我冷靜地說。

「你滾蛋。」羊博士說完，就順手拿起手邊的花瓶往我頭上使勁敲下去。這下完蛋了。我昏迷過去。

14

我做了打井水的夢。我用吊桶汲起井水，把水倒入大水盆裏。盆裏的水快滿了以後，鱷魚就爬過來咕嘟咕嘟地一口氣把那水喝光。水盆的水又快滿了時，另一隻鱷魚又爬來咕嘟咕嘟地一口氣把那水喝光。這樣反覆不停。我數鱷魚一直數到十一隻爲止，然後我醒過來。

周遭黑漆漆的。天上星星已經出來了。雪梨的夜空非常美。我在羊博士家門口躺著。四周靜悄悄的。皮夾和手槍都確實還在。

我站起身來把沾在衣服上的髒東西啪噠啪噠地拍掉，把太陽眼鏡收進胸前的口袋。本來想再按一次門鈴看看的，但因爲頭非常痛，因此決定今天暫時先回去。我已經做了一天份以上的工作了。聽過委託人的話，拿過定金，查到犯人家，腳踝被踢了，頭也被打了。接下來的事情明天再做就行了。

我彎到披薩店去喝啤酒，讓「巧莉」幫我處理傷口。

「腫得好厲害喲。」「巧莉」一面用冰毛巾幫我擦額頭一面說「到底怎麼了？」

「被羊博士敲的。」我說。

「眞的嗎？」「巧莉」說。

「眞的啊。」我說「我按了門鈴自我介紹後，就被他用花瓶敲成這樣。」

「巧莉」一個人沉思了一下。我在那之間一面揉著頭一面喝啤酒。

「你也一起來。」「巧莉」說。

「要去哪裏？」我問。

「當然是羊博士家啊。」「巧莉」說。

15

「巧莉」一直按羊博士家的門鈴，按了二十六次。

「喂，吵死人了。」羊博士探頭出來。「謝絕報紙、牛奶和私家偵探……」

「什麼吵死人，你這個大笨蛋。」「巧莉」大罵。

「哎呀，這不是『巧莉』嗎？」羊博士說。

「聽說你用花瓶敲這個人的頭噢？」「巧莉」指著我這邊說。

「嗯，是啊。那個，怎麼說呢？」羊博士說。

「你爲什麼這樣做呢，他是我的男朋友噢。」

羊博士滿臉傷腦筋的樣子抓了抓頭。「那眞不好意思。我不知道啊，哎，我要是知道的話就不會那樣做了。」

我也不知道。我居然是「巧莉」的男朋友。

「哎，總之進來吧。」說著羊博士把門大大地打開。我和「巧莉」一起進去。正要關門時腳踝又撞上了。眞倒楣。

羊博士把我們引到客廳，還拿出葡萄汁來請我們。因爲玻璃杯很髒我只喝了一半，「巧莉」不在乎地全部喝完。連冰塊都嚼掉。

「對了，該怎麼向你道歉才好呢？」羊博士對我說。「頭還會痛吧？」

我默默點著頭。用花瓶使勁敲完人家的頭，還說什麼「還會痛吧？」簡直廢話。

「你怎麼會敲人家的頭嘛？眞是的！」「巧莉」說。

「哎，我最近變得非常討厭人哪。」羊博士說「而且送報紙和送牛奶的也很囉唆，所以我看到不認識的人，就會忍不住動手打人。哎，眞對不起。不過年輕人哪，我是不看報紙，也不喝牛奶的。」

「我既不是送牛奶的，也不是送報紙的。我是私家偵探。」我說。

「對、對，你說是私家偵探啊，我忘了。」羊博士說。

16

「我是爲了要回羊男的耳朵而來這裏的。」我說。「博士三天前在超級市場的收銀機旁把羊男的耳朵扯掉了噢？」

「是啊。」羊博士說。

「請把那個還給人家。」我說。

「不要。」羊博士說。

「耳朵是羊男的。」我說。

「現在是我的啊。」羊博士說。

「那就沒辦法了。」我從腋下拔出手槍來。我是非常沒耐性的。「那我就打死你，把耳朵拿回去。」

「且慢、且慢。」「巧莉」插進來阻止。「你眞是有欠考慮。」她對我說。

「一點也沒錯。」羊博士說。

我好火大，正準備要扣扳機開槍了。

「巧莉」連忙阻止。並使勁踢了一下我的腳踝，然後把我的手槍很快地搶過去。

「你也眞是的。」「巧莉」轉向羊博士說。「爲什麼不把羊男的耳朶還給人家呢？」

「耳朶我絕對不還。羊男是我的敵人。下次見到他我還要把他的另一個耳朶也扯下來。」羊博士說。

「你爲什麼那麼恨羊男呢？他人不是很好嗎？」我說。

「沒什麼理由。只是覺得他們好可恨。我看到他們裝成那副可憐相還快快樂樂的過日子，就忍不住覺得好恨哪。」

「這叫做願望憎恨或反向作用。」「巧莉」說。

「嗯？」羊博士說。

「嗯？」我說。

17

「其實你自己也想變成羊男嘛。但卻不想承認，所以反而變成恨羊男了。」
「是嗎？」羊博士好像很佩服似地說。「我倒沒注意到。」
「妳怎麼知道這種事呢？」我試著問「巧莉」。
「你們沒讀過佛洛依德或容格嗎？」
「沒有。」羊博士說。
「很遺憾。」我說。

18

「那麼，我並沒有恨羊男囉。」羊博士說。

「應該是這樣。」我說。

「那還用說嗎？」「巧莉」說。

「那麼，我好像做了一件很對不起羊男的事囉。」羊博士說。

「好像是噢。」我說。

「當然哪。」「巧莉」說。

「那麼，羊男的耳朵應該還給他囉。」羊博士說。

「嗯，應該是這樣。」我說。

「現在馬上還他吧。」「巧莉」說。

「可是已經不在這裏了。」羊博士說「老實說我已經把那丟掉了。」

「丟掉了……丟在哪裏？」我問。

「哎，嗯……」

「快說啊。」「巧莉」說。

「嗯，老實說我丟在『巧莉』店裏的冰箱裏了。跟香腸混在一起。哎，其實我並沒有什麼惡意的……」

沒等羊博士把話說完，「巧莉」就一把抓起手邊的花瓶，朝羊博士頭頂使勁敲下去。我覺得痛快極了。

19

結果我和「巧莉」終於把羊男的耳朵找回來了。雖然拿回來時耳朵已經變成焦焦的茶色，沾上了Tabasco辣椒醬。有一位客人點了香腸披薩，他正要把那其中的一片送進嘴裏的瞬間，我們把那搶救回來。眞是千鈞一髮正危險的時候。我把那洗乾淨，把起司弄掉。但只有辣椒醬的汚漬怎麼也洗不掉。

羊男非常高興耳朵找回來了，不過看到焦成茶色又沾上辣椒醬時——嘴巴雖然沒說——但似乎有點失望的樣子。因此我算他便宜兩千圓。「巧莉」用針線幫他把耳朵縫在衣裳上。羊男站在鏡子前跳了兩、三下看看。耳朵上下搖晃著。他看來非常滿足的樣子。

20

順便補充說明一下，很恭喜羊博士也終於如願以償地變成羊男了。他每天穿上羊男的衣裳到「巧莉」的店裏來吃披薩。羊男／羊博士看來也非常幸福的樣子。這種事情也都託佛洛依德的福。

21

事件解決之後，我跟「巧莉」約會。我們吃過中國菜之後，到街上的電影院去看維斯康堤的《諸神的黃昏（Ludwig）》。在黑暗中我正要吻她時，她用高跟鞋的跟使勁踢我的腳踝。痛死了，害我十分鐘都開不了口。

「妳不是說我是妳的男朋友嗎？」十分鐘後我說。

「那時候是那時候。」「巧莉」說。

不過我想其實「巧莉」是喜歡我的。只是女孩子很多事情有時候都口是心非。我這樣覺得。

「對不起。」電影演完後我說。

「你還是別再做什麼私家偵探了吧，找一個像樣的工作，存一點錢的話，或許我可以重新考慮喲。」「巧莉」說。

就像我在前面說過的那樣，我有的是多得不耐煩的存款。但「巧莉」並不知道。我也不打算告訴她。

我非常喜歡「巧莉」。所以我想去當印刷工人也可以。

不過現在我還是個私家偵探，躺在雪梨綠街事務所的沙發上，聽著布拉姆斯的「間奏曲（Intermezzo）」，這是我最喜歡的唱片。

如果你有任何問題的話，請趁我還沒去當印刷工人之前，來綠街敲我事務所的門。我會算你非常便宜。還給你打折優待。不過一定要是有趣的案子噢。

藍小說917

開往中國的慢船

作　者—村上春樹
譯　者—賴明珠
主　編—鄭麗娥
編　輯—邱淑鈴
校　對—賴明珠、高桂萍

董事長—趙政岷
出版者—時報文化出版企業股份有限公司
一〇八〇一九臺北市和平西路三段二四〇號三樓
發行專線—（〇二）二三〇六—六八四二
讀者服務專線—〇八〇〇—二三一—七〇五
（〇二）二三〇四—七一〇三
讀者服務傳真—（〇二）二三〇四—六八五八
郵撥—一九三四四七二四時報文化出版公司
信箱—一〇八九九臺北華江橋郵局第九九信箱
時報悅讀網—http://www.readingtimes.com.tw
法律顧問—理律法律事務所　陳長文律師、李念祖律師
印　刷—勁達印刷有限公司
初版一刷—一九九八年十二月二日
初版十四刷—二〇二三年九月五日
定　價—新臺幣一八〇元
（缺頁或破損的書，請寄回更換）

時報文化出版公司成立於一九七五年，
一九九九年股票上櫃公開發行，二〇〇八年脫離中時集團非屬旺中，
以「尊重智慧與創意的文化事業」為信念。

ISBN 957-13-2780-8
ISBN 978-957-13-2780-8
Printed in Taiwan

國家圖書館出版品預行編目資料

開往中國的慢船 / 村上春樹著；賴明珠譯. --
初版. -- 臺北市：時報文化, 1998 [民87]
面；　　公分. --（藍小說；917）

ISBN 957-13-2780-8（平裝）
ISBN 978-957-13-2780-8（平裝）

861

編號：AI 917	書名：開往中國的慢船
姓名：	性別：＿＿＿ 1.男　2.女
出生日期：　年　月　日	身份證字號：

＿＿＿ **學歷**：1.小學　2.國中　3.高中　4.大專　5.研究所（含以上）

＿＿＿ **職業**：1.學生　2.公務（含軍警）　3.家管　4.服務　5.金融　6.製造　7.資訊　8.大眾傳播　9.自由業　10.農漁牧　11.退休　12.其他

地址：＿＿＿縣（市）＿＿＿鄉鎮區＿＿＿村＿＿＿里

＿＿＿鄰＿＿＿路（街）＿＿＿段＿＿＿巷＿＿＿弄＿＿＿號＿＿＿樓

郵遞區號＿＿＿

（下列資料請以數字填在每題前之空格處）

＿＿＿ **您從哪裡得知本書／**
1.書店　2.報紙廣告　3.報紙專欄　4.雜誌廣告　5.親友介紹
6.DM廣告傳單　7.其他＿＿＿

＿＿＿ **您希望我們爲您出版哪一類的作品／**
1.長篇小說　2.中、短篇小說　3.詩　4.戲劇　5.其他＿＿＿

您對本書的意見／
＿＿＿ 內　容／1.滿意　2.尚可　3.應改進
＿＿＿ 編　輯／1.滿意　2.尚可　3.應改進
＿＿＿ 封面設計／1.滿意　2.尚可　3.應改進
＿＿＿ 校　對／1.滿意　2.尚可　3.應改進
＿＿＿ 翻　譯／1.滿意　2.尚可　3.應改進
＿＿＿ 定　價／1.偏低　2.適中　3.偏高

您的建議／

請沿虛線撕下後對折裝訂寄回，謝謝！

請沿虛線摺下裝訂，謝謝！

廣　告　回　信
台北郵局登記證
台北廣字第2218號

時報出版
CHINA TIMES PUBLISHING COMPANY
尊重智慧與創意的文化事業

地址：10803台北市和平西路三段240號3樓
讀者服務專線：0800-231-705．(02)2304-7103
讀者服務傳眞：(02)2304-6858
郵撥：19344724 時報文化出版公司

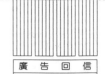